Wolfgang Schnellbächer · Nur Öneren

Unser wildes Blut

Wolfgang Schnellbächer
Nur Öneren

UNSER WILDES BLUT

Roman

cbt

cbt
Kinder- und Jugendbuch-Verlag
in der Verlagsgruppe Random House

MIX
Papier aus verantwortungsvollen Quellen
FSC® C014496
FSC
www.fsc.org

Verlagsgruppe Random House FSC® N001967

1. Auflage 2016

Umschlaggestaltung: *zeichenpool, München
Umschlagmotiv: © Shutterstock/ArTDi101
mi · Herstellung: aj/kw
Satz: KompetenzCenter, Mönchengladbach
Druck und Bindung: GGP Media GmbH, Pößneck
ISBN: 978-3-570-16383-2
Printed in Germany

www.cbt-buecher.de

»Wer an die Freiheit des menschlichen Willens glaubt,
hat nie geliebt und nie gehasst.«
Marie von Ebner-Eschenbach

»Himmelhoch jauchzend, zum Tode betrübt;
glücklich allein ist die Seele, die liebt.«
Johann Wolfgang von Goethe

HERBST

Alexander

In jener Nacht, in der alles beginnt und alles enden soll, kann man das Leuchten der Sterne über dem Versteck kaum ausmachen. Im Dunkeln auf dem Teppich liegt Alexander, starrt verloren durch das Dachfenster und hört den Atem des Mädchens, das er liebt. Ein leiser Laut ihrer Stimme dringt an sein Ohr. Vorsichtig setzt er sich an den Bettrand, um ihre Hand zu nehmen und ihren unruhigen Schlaf zu besänftigen. Sie dreht sich zu ihm, zieht seinen Arm zu sich und fällt erneut in tiefen Schlaf. So sitzt er eine stille Weile, starrt auf die hölzernen Balken, die sich durch die niedrige Decke ziehen, und lauscht in das Rauschen der Bäume. Vorsichtig löst er seinen Arm aus Aysels Umklammerung, geht auf Zehenspitzen zurück, legt sich auf den Rücken und sucht erneut die Sterne am Himmelszelt. Jetzt erkennt er dort oben matt leuchtende Punkte, die immer wieder mit schwarzen Wolken verschwimmen. Er schließt die Augen und die Erinnerung trägt ihn zu dem sonnigen Tag am Anfang des Herbstes, als er das erste Mal mit ihr sprach.

Die Bühne der Schulaula war klein, leer, und der Auftritt, das wusste jeder, würde erbärmlich werden. Schüchtern und widerwillig kletterten die Mädchen die wacklige Treppe hinauf. Eine Hälfte trug enge schwarze Kleidung, die andere viel zu weite weiße. Scheinbar willkürlich verstreut stellten sie sich auf. Frau Ruckemöller, die Sportlehrerin, trat sichtlich aufgeregt vor das Publikum und nahm das Mikrofon. Was nun folge, sagte sie, läge komplett im Bewusstsein dessen, der es sehen würde. Bestenfalls sei es ein Spiegel, für die, die ihn erkennen. Für andere könnte es auch etwas ganz anderes sein, vielleicht ein Grammofon der inneren Empfindungen. Das einzig wirklich Entscheidende sei, dass man alles vergisst, um unvoreingenommen wahrnehmen zu können. Ein paar Sekunden versuchte sie, das Mikrofon zurück in die Halterung zu schieben, dann war schon ein Mittelstufenschüler da, um es ihr abzunehmen. Fremdartige Musik erklang, man hörte indische Klänge ohne feste Melodie, ab und zu einen Gong. Langsam begannen sich die Mädchen zu bewegen, wobei kein Unterschied zwischen Schwarz- und Weißgekleideten zu erkennen war. Irgendwann hörte man ein gluckerndes Geräusch wie das Aufsteigen einer Luftblase aus tiefem Wasser und die Mädchen bewegten sich mehr oder minder gleichzeitig Richtung Bühnenboden. Manche sanken grazil herab, andere legten sich umständlich und lustlos hin, und wieder andere plumpsten derart ungelenk auf das Holz, dass bereits das Zusehen wehtat. Kurz wurde es still. Vorne, in der ersten Reihe, stellte sich Herr Laspary, der Musiklehrer, auf einen Stuhl und begann wild in die Halle hineinzuwinken. »Wir sind dran«, rief er zu allen Seiten und von überall begannen als Vögel verkleidete Unterstufenschüler nach vorn zu drängen. Noch ehe die ersten Mädchen auf der Treppe waren, um die Bühne zu verlassen, wurden sie schon von einem Schwall lautstark herumtollender Vögel zurückgedrängt.

Die Erinnerungen verschwimmen vor Alexanders Augen. Er sieht noch Herrn Laspary winken, seltsam stumm ruft der Lehrer in das Publikum hinein. Da ist wieder das Gesicht von Thomas, das von Volkan, die ihn wie alle in der Schule nur Alex nannten. Und ja, sie redeten auf ihn ein und es wurde entschieden, den versteckten Whiskey aus der kleinen Halle nebenan zu holen. Aber er weiß nicht mehr, warum er gerade zu diesem Zeitpunkt losging. Er erinnert sich, wie ihn Ilhan, der mit seinen beiden Geschwistern neu auf der Schule war, aus Versehen anrempelte und dass er seltsam aufgewühlt weiterging. Doch ob auf der Bühne, irgendwo hinten oder in der Mitte versteckt, dessen Zwillingsschwester Aysel wirklich tanzte, vermag er nicht mehr zu sagen. Dann die verschwommenen Gestalten, zwischen denen er sich hindurchdrängelte, der Gesang des Kinderchors – war da nicht auch der Geruch von Brezeln? Erst ab der Tür zur kleinen Halle werden die Bilder wieder klarer. So klar, als würde er den Raum erneut betreten, sieht er das hell schimmernde Bodenholz und das matte Gelb der Wand, hört er erneut die eigenen Schritte im leeren Raum. Und dann öffnet sich wieder, wie unzählige Male zuvor in seiner Erinnerung, die Tür auf der anderen Hallenseite.

Alex dreht den Kopf zur Seite, müht sich, die Erinnerung zu verlangsamen und den Strom des schönen Gefühls, das ihn durchfährt, möglichst lange zu halten. Und wirklich, nun ist es, als würden einzelne Aufnahmen vor sein Bewusstsein geschoben, die er wie im Traum betrachten kann. Da ist das Bild, als sie gerade in der Tür stand und er sich wunderte, dass sie ihr Kopftuch nur in der Hand trug. Dann das Bild ihrer Augen ganz nah, da waren sie in der Hallenmitte fast nebeneinander. Ein schüchternes »Hallo« erklang von seiner Seite, ein nicht minder zögerliches »Hey« von ihr. Da war Aysel schon vorbei und selbst jetzt noch, hier auf dem Teppich, spürt er wieder einen Funken der Enttäuschung von damals, sie nicht richtig angesprochen zu haben. Dabei ist das alles so lange her und unendlich viel ist seitdem geschehen.

Die Erinnerung zieht ihn weiter, er sieht wieder das blassbraune Tor des Geräteraums, blickt erneut in das Chaos dahinter. Da waren der schwere Mattenwagen, ein Barren und ein paar Kisten. Weiter im Dunkeln zwei kleine Böcke, Sprungbretter und gelb vergilbte Kegel. Wie er hier eine Whiskeyflasche finden sollte, war ihm ein Rätsel. Er schaltete die Handylampe ein und begann ungelenk über den Wagen ins Dunkle zu kriechen. Da hörte er hinter sich schallendes Gelächter. Noch heute weiß er nicht, ob sie die Halle überhaupt verlassen hatte oder die ganze Zeit da gewesen war.

»Ich weiß ja, dass unser Tanz ziemlich komisch war, aber was du da machst, ist auch superlustig.« Ihr Kopftuch hielt sie noch immer in der Hand und dort im Dunkeln, auf allen vieren und inmitten einem Stapel blauer Matten, fühlte sich Alex wie bei etwas Peinlichem ertappt. Dann musste auch er lachen.

»Anstatt dich lustig zu machen, könntest du mir mal helfen.« Möglichst sportlich versuchte er, rückwärts von den Matten zu kriechen.

»Gern«, sie lächelte noch immer amüsiert, »ist das auch ein Tanz zum Deuten? Hm, also du könntest ein Karnevalswagen sein.«

»Ein bitte was?« Er lehnte sich lässig gegen den Wagen, doch der rollte nach hinten weg.

»Ein Karnevalswagen, macht ihr das nicht immer?

Irgendwelche Figuren kniend auf einem Wagen und ihr findet das megakomisch?« Ihre Augen leuchteten, ihr Gesicht strahlte. Er genoss es und war verloren zugleich.

»Ähm also, noch mal mit dem Helfen. Ich such 'ne ...« Alex zögerte, blickte in die Dunkelheit der Kammer, wieder in ihr strahlendes Gesicht und stockte erneut. »...'ne, Flasche Whiskey, die wir da hinten versteckt haben. Und da ihr so etwas ja nicht trinkt, ist es wohl ungefährlich, wenn du mir hilfst.« Im selben Augenblick fand er den Satz schon blöd; es war ihm unangenehm, dass er einem muslimischen Mädchen mit Alkohol gekommen war. Doch sie schien das gar nicht zu merken und lachte einfach weiter.

»Also Whiskey ist auch eine gute Deutung für deinen Mattentanz, und weil man sich dann so aufführt, trinken wir keinen.«

»Ähm.« Der Mattenwagen schien noch immer hinter ihm wegzurollen, obwohl kein Wagen der Welt so lange in eine dunkle Kammer rollen kann. Er wollte schnell sein, etwas sagen, dem Abrutschen des Wagens wie auch dem Verlust von Coolness vor diesem Mädchen entgegenwirken. Doch noch immer fiel ihm nichts ein. Wie aus Mitleid brach ihr Lachen ab – und Mitleid, das weiß jeder Junge, ist das gefährlichste Gefühl, wenn man einem Mädchen gefallen will. Das Nächstbeste, was ihm in den Sinn kam, ging ungeprüft auf Sendung.

»So ist das also. Deshalb seid ihr Türken auch so ein friedliches Völkchen und fallt nirgends negativ auf, gell?« Seine Stimme klang frech und forsch, doch er fragte sich in Gedanken, ob das jetzt nicht zu viel war. Aber ihre Augen strahlten weiter.

»Wir sind wirklich ein sehr nettes Volk, friedlich und hilfsbereit«, erwiderte sie mit gespielter Empörung. Endlich fiel ihm etwas Gutes ein, seine Stimme wurde ruhiger, als er sprach.

»Na, wenn ihr so hilfsbereit seid, kannst du mir ja beim Suchen helfen.«

Sie zögerte, blickte sich kurz nach allen Seiten um, dann wieder zu ihm und lächelte erneut.

Als sie zusammen über den Mattenwagen in die dunkle Kammer krochen, war noch immer nichts von einer Whiskeyflasche zu entdecken. Rechts stand ein Barren, gegen den eine Matte so ungünstig gelehnt war, dass man nichts dahinter sah. Alex zog sich daran hoch und balancierte kniend auf den Stangen.

»Ist dort hinten etwas?« Aysel hatte Mühe, in dem Gerümpel neben ihm Platz zum Stehen zu finden, und lugte ebenfalls herüber.

»Da liegt nur eine riesige, dicke Matte.«

»Ah, jetzt sehe ich sie auch und nun ...«, sie grinste ihn an, »... kommt der elegante Abschwung.« Sie gab ihm einen kräftigen Stoß und er sauste mit rudernden Armen auf die dicke Matte. Flink zog sie sich an dem Barren hoch und ließ sich auf der anderen Seite nach unten gleiten.

Ilhan

In dieser Nacht ist es so finster, dass man das Leuchten des Zuges schon von Weitem sieht. Einsam steht Ilhan auf einem Bahnhof im Nirgendwo. Um jegliche Menschen zu meiden, ist er mit dem Rad über düstere Feldwege hierhergefahren und hat es irgendwo in den Büschen versteckt. Unsäglich viel hat er in den vergangenen Tagen und Wochen geschlafen und doch fühlt er sich müde und erschöpft, als er in einen der Zugsitze fällt. Eine kleine Ewigkeit kramt er in den Tiefen seiner Taschen nach dem Ticket, legt es auf den Tisch und schließt sogleich die Augen.

»Da… darf ich dich mal was fragen?« Wie aus einer fernen Zeit erklingt die eigene Stimme in seinem Kopf. Dabei ist es kein Jahr her, dass er diesen Satz gesagt hat. Und als gäbe es in seinem Bewusstsein einen technischen Fehler, erscheint erst Sekunden später das zugehörige Bild. Da stand er vor ihr am Rande der Schulaula auf dem großen Fest. Sie war etwas jünger als er, vielleicht sechzehn, trug einen Bäckerkittel und hatte die halblangen Haare zu einem Zopf gebunden. Klar, die Frage war unfassbar bescheuert, natürlich schaute sie ihn nur verwirrt an und selbstverständlich wusste er nicht weiter. Er schaffte es nicht, einen klaren Gedanken zu fassen, und verfluchte Said, diesen furchtbaren arabischen Angeber. Er ist der Coolste in der Stufe und Ilhan war neu an dieser Schule, hergezogen aus dem Ruhrgebiet und um jeden froh, der ihn akzeptierte. Noch immer sah ihn das Mädchen so verwirrt an, als wäre sein Gesicht mit rosa Sternchen bemalt. Erst lächelte sie in einer Mischung aus liebevoll und dämlich, dann schwieg sie einfach weiter.

Was dieser Said jetzt wohl dachte? Irgendwo dahinten stand er mit Benjamin und Tarek. Sicher lachten sie ihn aus. Eben noch hatte Ilhan mit ihnen im Gefühl der gemeinsamen Überlegenheit auf alle anderen herabgeschaut. Jetzt stand er unbeholfen vor einem Mädchen in einem Bäckerkittel. Eine ältere Lehrerin trat an seine Seite. Mit komischen Sandalen, weiter grüner Kleidung und langem strähnigen Haar sah sie aus wie eine Statistin in einem Mittelalterfilm. Ohne ihn, das Mädchen oder den Blickkontakt zwischen beiden zu beachten, bestellte sie ein Vanillestückchen. Ilhan wurde es unheimlich heiß, er begann zu schwitzen und fragte sich, ob er wirklich so wenig abgebrüht, so uncool war. Verstohlen blickte er sich um und merkte da erst, dass Zentimeter neben ihm ein Blechofen stand, in dem langsam ein paar

Brezeln braun wurden. Die Lehrerin zahlte und wieder ruhten die Augen des Mädchens auf ihm. Er hatte das Gefühl, als hätte der Ofen jede Zelle seines Körpers ausgetrocknet. Als könne er nur noch stottern und brabbeln, aber keinen klaren, erst recht keinen coolen Satz mehr formulieren.

»Ähm, ich nehm auch so ein Vanilleteil«, sagte er schließlich und fragte sich, ob es noch eine tiefere Stufe des Bescheuertseins gab oder ob er endgültig ganz unten angekommen war. Brav packte sie ihm das Gebäckstück ein und reichte ihm wortlos die Tüte.

»Pass auf«, begann er jetzt viel zu schnell, »ich hab mir überlegt, also …« Er nahm ihr die Tüte aus der Hand. »Ich mein, man könnt sich ja so mal treffen. Bist du auf Facebook? Wie heißt du denn da?« Was er sagte, war noch immer unterirdisch schlecht, doch etwas besser als eben. Gegen all sein Empfinden zwang er sich zu lächeln – und tatsächlich lächelte sie zurück. Laut lachend zogen ein paar Unterstufenschüler vorbei. Sie trugen bunte Umhänge und Vogelmasken aus Federn und Eierschachteln.

»Ich heiße Emilie.« Sie hielt ihm die Hand hin. Ihren Namen wusste er bereits. Von Weitem hatte Said auf sie gezeigt und sie als leichtes Opfer mit einfältigem Gesicht, doch geiler Oberweite vorgestellt, mit der man alles machen könne. Mit den anderen hatte er anerkennend gelacht. Doch noch ehe er mit

Lachen fertig war, hatte Said schon auf ihn gezeigt und gemeint, dass der Neue nun mal demonstrieren solle, was er bei Mädels so draufhat.

»Cool, Emilie und wie weiter?«

»Gonz.«

»Emilie, wir werden sicher noch voneinander hören.«

Alexander

Tief in der Turnmatte versunken, saßen sie da. Die Strahlen der Abendsonne fielen durch das halb offene Tor und ihre Stimmen wurden leiser und vertrauter. Sie fragten sich, wie alt die Geräte wohl waren und wie viele Schüler schon auf ihnen geturnt haben mochten. Von den Metallstangen blätterte der Belag, vielleicht war seine Farbe einmal schillerndes Silber gewesen, vielleicht schon immer dieses matte Grau. Sie malten sich Jungen aus, die hier in den Fünfzigern mit braven Seitenscheiteln turnten und dabei unerklärlicherweise Hemden und Lederhosen trugen. Stellten sich rebellische Jugendliche in den Siebzigern vor, die mit pickligen Gesichtern und viel zu langen Haaren über den Sinn jeder Übung diskutierten, und dachten sich blasse Schnauzbartträger in den Achtzigern aus. Sie trugen Vokuhila-Frisuren, enge, weiße T-Shirts mit dem alten Adidas-Emblem und knallten ungelenk auf die Matten. Und nun, nach alledem und ein paar gelangweilten Teens in den Neunzigern, saßen sie hier, ein deutscher Junge und ein türkisches Mädchen mit einem Kopftuch in ihren Händen.

»Glaubst du an Gott?« Wie aus dem Nichts kam ihre Frage und er spürte, dass sie ihr wichtig war.

»Eigentlich schon«, antwortete er überzeugt und stockte doch, »ich glaube an etwas Gutes, ja, einen guten Gott vielleicht, der uns …« Wieder zögerte er und ärgerte sich zugleich, wie unfertig, wie wenig überzeugend seine Antwort klang. Er starrte auf die Matte und begann, sie mit den Händen zu kneten.

»Weißt du, was Sternenkinder sind?« Sie schüttelte den Kopf. »Babys, die gleich nach der Geburt gestorben sind.« Er stockte und schloss die Augen. »Wenn jemandem etwas Schlimmes passiert, kann man immer sagen, dass er etwas Schreckliches getan, vielleicht auch nur gedacht hat. Man kann die komischsten Dinge zusammenreimen. Aber dass sich Menschen auf ein Kind freuen, dass es im Bauch der Mutter heranwächst, aber nie auf dieser Erde lebt, dass es nicht die kleinste Chance kriegt … Und deswegen zweifle ich manchmal an dem, was wir einen lieben Gott nennen.« Lange sahen sie sich tief in die Augen.

»Meinst du«, fragte sie leise, »dass es etwas wie eine Sternenliebe geben kann?« Er blickte sie fragend an.

»Na eine Liebe, die schon tot geboren wird. Die auch nicht die kleinste Chance kriegt, obwohl sie leben will.« Ihre Stimme war mit jedem Wort noch leiser geworden und wie Alex zuvor begann sie, in der Matte zu kneten. Er ahnte, was sie meinte, doch wusste nichts darauf zu sagen und so schwiegen sie beide. Noch lange saßen sie da und fühlten sich wie in einer dunklen, warmen Höhle. Sie sprachen über die Einsamkeit, die jede Jugend in sich trägt, über die Sehnsucht, die jede Jugend treibt und die sie beide nie verlieren wollen. Aysel erzählte, wie türkische Paare duldsam zusammen bleiben, ganz gleich, wie furchtbar die Beziehung ist, und Alex erwiderte, wie sich deutsche Paare viel zu schnell loslassen und weiterwandern und dabei doch nur die alte Angst und immer neue Not finden. Erst als das Licht im Tor immer dunkler wurde, krochen sie wieder über den Mattenwagen in die Halle hinaus. Auf einer langen Holzbank saßen drei junge Schüler in ihren Vogelkostümen und starrten sie an.

»Was die wohl denken«, flüsterte Alex.

»Und wart mal ab, wie die jetzt schauen.« Sie zwinkerte ihm zu, warf sich das Kopftuch über und hatte es in einer flinken Bewegung gebunden. Den Vögeln fielen fast die Augen aus. »Hey, macht mal den Mund zu«, sagte sie cool in ihre Richtung, drehte sich auf dem Absatz um und verließ die Halle.

Ilhan

»Und?« Said stand lässig in Sichtweite gegen eine Wand gelehnt. Benjamin versuchte, daneben, auf einer viel zu dünnen Fensterbank, zu sitzen. Lange Sekunden zögerte Ilhan seine Antwort hinaus, weil es ihm cool vorkam und es nichts gab, womit er die Zeit hätte füllen können, außer dieser Coolness.

»Da geht was!« antwortete er schnell, lächelte breit und stellte sich locker neben Said. Zu seiner Überraschung fragte keiner der beiden genauer nach und in seiner Unsicherheit war er richtig froh darüber. So ließ die Anspannung langsam nach, während er cool an die Aulawand gelehnt eine Cola trank. Sie hatte ihm wirklich ihren Namen gesagt und die Hand gegeben, sie hatte offen gelächelt. Es war ein kleiner Erfolg, viel mehr als die sicher erwartete Niederlage. Als wäre es ein besonderer Tag gewesen, an dem Besonderes passiert.

Jetzt im Zug muss er über die Szene lächeln. Er öffnet die Augen und ist überhaupt nicht mehr müde. Das passiert oft in letzter Zeit. Als wäre sein Körper aus der Zeit gefallen und noch immer verwirrt, ob er sich gerade hundemüde oder wie eine überladene Batterie fühlt. In vollem Schwung springt er auf, läuft durch den Wagen, zieht ein Fenster herunter und streckt seinen Kopf in den Fahrtwind. Es ist komisch, dass er noch so viel an Emilie denkt. Als würde man sich, wenn man etwas miteinander hatte, nie ganz verlieren. Als bliebe, wer einmal in unserem Herzen war, für immer dort, zumindest ein bisschen irgendwo und sei es nur als Wunde, die nie blutet und doch schmerzt. Wäre sie jetzt da, er könnte nichts mehr mit ihr anfangen. Doch da ist etwas wie Sehnsucht nach diesem Mädchen, nach den Gefühlen, die sie weckte, und nach dieser Zeit, die endgültig verloren ist. Manchmal ist das Gefühl stärker, manchmal schwächer, und er zweifelt, ob es je vergehen wird, wenn er einst eine muslimische Frau heiratet.

Alexander

Noch immer war es so warm, dass man in T-Shirts in der Klasse saß. Das Schulfest war einige Zeit, vielleicht schon Wochen her, aber Alex hatte sich nicht getraut, Aysel noch einmal anzusprechen. Oft dachte er an ihr freches Lächeln zum Abschied in der Halle, oft an den sanften Blick in ihren Augen, und wieder und wieder überlegte er, sie nach einem Treffen zu fragen. Das war vor allem nachts, wenn er im ruhigen Bett lag und nicht einschlafen konnte, oder früh morgens, wenn er warm eingebettet den Schritten der Eltern auf dem Flur lauschte. Doch dann in der Schule blickte sie ihn jedes Mal so abwesend an, trug sie ihr Kopftuch immer so streng gebunden, dass er sich nicht traute, auch nur ein Wort in ihre Richtung zu sagen. So verging Tag um Tag, bis irgendwann, an einem eigentlich ganz normalen Mittwoch, etwas Merkwürdiges geschah. Die sechste Stunde mit dem Fach Geschichte war gerade zu Ende und alle schlenderten beim Klingelzeichen hinaus. Nur sie nicht. Alex sah noch, wie sie ihrer Freundin Helena zunickte und ihr damit bedeutete, nicht zu warten, nahm noch kurz wahr, wie die schöne Helena, die so viele liebten, ihre Bildermappe wedelnd aus der Klasse ging. Er dachte noch daran, wie Aysel auf den Turnmatten begeistert von der Kunst-AG erzählt hatte, die Helena nahezu alleine schmiss. Dann starrte er wieder auf Aysel, wie sie dasaß und inmitten des Gewimmels in Zeitlupe ihre Bücher zuschlug, als müsse sie danach zu einem Abend mit deutscher Volksmusik und wollte deshalb nie fertig werden.

Erst war Alex verdutzt, dann glaubte er zu verstehen und bewegte sich ebenfalls immer langsamer. Als er endlich fertig gepackt hatte, blickte er auf. Sie verstaute noch immer, unendlich umständlich, ihre wenigen Sachen in die Tasche. Außer ihnen beiden war niemand mehr im Raum und auch der Gang schien still und verlassen. So stand er langsam auf, stellte sich ruhig vor ihren Tisch und lächelte. Aysel blickte nicht zu ihm, packte einfach weiter, obwohl sie ihn gesehen haben musste. Er sah auf ihr weiß schimmerndes Kopftuch und fragte sich, wie man es wohl band. Nun lag da nur noch ihr Mäppchen. In Zeitlupe schloss sie den Reißverschluss und nahm es bedächtig in beide Hände, als drohe es, bei der kleinsten Erschütterung zu zerbrechen.

»Ich fand es sehr schön mit dir auf dem Schulfest.« Endlich hatte er Mut gefasst.

Für einen Augenblick glaubte er, sie würde zittern und das Mäppchen fallen lassen. Sie sah auf. Er lächelte und hoffte, dass sie es verstehen würde, und wirklich schienen ihre dunklen Augen kurz verträumt zu funkeln, doch ihr Mund blieb unbewegt. Noch einmal nahm er allen Mut zusammen.

»Ich würde mich freuen, wenn wir uns mal treffen könnten. Irgendwie, irgendwo, irgendwann einmal.« Er versuchte zu lachen. Doch sie blickte ihn verständnislos an, als hätte sie etwas Verabscheuungswürdiges über ihn erfahren. Als hätte sich ein schwarzer Vorhang über das Spiel gelegt, das sie voreinander spielen.

»Das ist ja wohl eher ein Witz, lass mal lieber stecken.« Ihr Mund lächelte gequält, doch ihre Augen funkelten nicht mehr. Schwungvoll warf sie das Mäppchen in den Ranzen, schob schnell die Laschen ineinander und war schon aufgestanden. Alex schaute verdutzt auf den kleinen Holzstuhl, auf dem sie eben noch gesessen hatte. Sie schien eine Sekunde zu zögern. Dann war sie schon an ihm vorbei und noch ehe er reagieren konnte, hatte sie den Raum verlassen. Der Gang war wirklich leer und das schwächer werdende Grün der Blätter strahlte durch die großen Fenster. Sie war schon am Ende angelangt, hatte die Türklinke in der Hand, aber noch nicht nach unten gedrückt, als würde sie auf etwas warten.

»Hey«, rief er ihr nach, er konnte nicht glauben, was gerade passiert war. Kurz drehte sie sich um.

»Ich bin ein anständiges Mädchen, Alex. Pass mal auf, dass keiner davon hört.« Sie riss die Tür auf und war verschwunden.

Enttäuschung und Wut begleiteten ihn auf seinem Heimweg. Er hatte einen fetten Korb bekommen – und schlimmer noch, er war als deutscher Junge dumm genug gewesen, ein Mädchen mit Kopftuch nach einem Treffen zu fragen. Irgendwo in den unendlichen Weiten des Netzes wollte er nach Ablenkung suchen. Doch in eben diesem Netz warteten schon zwei Dinge, die alles in ihm erschüttern und wieder durcheinander werfen sollten. Er loggte sich auf Facebook ein und da waren eine Freundschaftsanfrage und eine neue Nachricht – und beides kam von Aysel.

»Sorry wegen vorhin. War blöd von mir – von dir aber auch ☺«, stand dort. Erst freute er sich, doch mehr und mehr wich die Freude etwas anderem. Er war verwundert und überfordert und während er sein Gesicht in den Händen vergrub, meinte er, an einem dunklen Punkt angekommen zu sein. Hier begann eine falsche Welt, in der man nicht die Wahrheit sagte, in der man nicht offen und nicht frei war – zumindest dann nicht, wenn es um die Liebe zu einem Mädchen mit Kopftuch ging. Gerne hätte er geschrieben, dass er sich ärgerte, sie überhaupt noch einmal angesprochen zu haben. Noch lieber hätte er einfach noch mal nach einem Treffen gefragt. Doch er wagte keines von beidem. Und weil er schnell auf ihre Nachricht reagieren wollte und ihm vor lauter Überlegen fast schwindlig war, antwortete er etwas Nettes, Beiläufiges, über Benjamin, der sich im Deutschunterricht blamiert hatte. Das Wort blamiert grub sich tief in sein Bewusstsein. Und mit dem elenden Gefühl, das Falsche getan zu haben, warf er sich auf sein Bett.

Ilhan

»Es geht um Ausdauer.« Said klang so enthusiastisch und überlegen wie immer. Als wüsste er alles über jeden Weg zu jedem Glück in dieser Welt.

»Du schreibst einfach jedes Mädchen an, die dir halbwegs gefällt, einfach immer ›Hey du‹, klick auf senden und die Nächste, Text rein, klick. Immer dasselbe. Verstehst du, klick, klick, klick. Manche sind ziemlich fett unter ihrem hübschen Facebook-Gesicht. Aber einige sind wirklich geil und die meisten sehen ganz passabel aus.« Er legte sein überlegenes Lächeln auf und Benjamin blickte ihn fast folgsam an.

»Da hauen wir dann rein. Natürlich musst du erst 'ne Weile schreiben, bisschen hin und her, erzähl ihr einfach, was du so machst, aber, das is wichtig, keine Komplimente. Sonst fühlt sie sich zugesülzt.« Mit jedem Speicheltropfen Selbstsicherheit, der aus Saids Worten sprühte, verachtete Ilhan ihn, verachtete Ilhan sich selbst umso mehr. Nichts war unangenehmer als diese Momente seiner Nähe, die ihn selbst zur Kläglichkeit schrumpfen, so unterlegen und schwach wirken ließen. Und zugleich, so komisch es war, hätte er am liebsten Zettel und Stift gehabt, um die Tipps seines heimlichen Rivalen mitzuschreiben, während sie sich im großen Haus von Saids Eltern durch soziale Netzwerke klickten.

Am selben Abend zogen sie los. Liefen zwischen Kneipen und Clubs durch die Altstadtgassen, wo man sich trifft, um loszulassen und allen Anstand zu verlieren. Nüchtern und cool, wie Jäger in einem Rudel grunzender Wildschweine, erfassten sie ihr Umfeld und werteten zielgerichtet alle Informationen aus. Meist waren es reine Jungengruppen, die ihnen entgegenkamen, mit Bier und großen Saftflaschen in der Hand, in die sie ekelhaft aussehende Mixgetränke gefüllt hatten. Sie steigerten sich gerade hoch, schienen mit jeder Gruppe aufgekratzter und doch jämmerlich verkrampft. Oft blickten sie feindselig, manchmal gar eingeschüchtert, als sie Said, Benjamin, Ilhan und Tarek erblickten, meist schienen die sie jedoch gar nicht wahrzunehmen. Einige Gruppen hatten Mädels dabei. Sie waren weniger ausgelassen, aber auch sie lachten hin und wieder übertrieben laut. »Wie am Spieß«, dachte Ilhan und fragte sich bei manchem südländisch aussehenden Mädchen, ob sie Türkin sei. Als habe Said seine Gedanken erraten, wies er stolz darauf hin, dass arabische Mädchen sich nie derart in der Öffentlichkeit zeigen würden. Was Benjamin in diesen Momenten dachte, ist Ilhan noch heute ein Rätsel. Überhaupt dieser

Benjamin, so oft Said von seiner Ehre sprach, dieser Blondschopf nickte am schnellsten, am heftigsten, dessen Augen strahlten Said am klarsten an.

Offen und ohne Rücksicht taxierten sie alles Weibliche, liefen jedoch stets weiter, ohne sie angesprochen zu haben. Hier gab es nichts zu holen und ein guter Jäger verschwendet nichts in aussichtslose Fährten. Die wenigsten Gruppen bestanden nur oder in der Mehrzahl aus Mädchen. Häufig blieb Said direkt vor ihnen stehen, schaute der vermuteten Anführerin stolz und herausfordernd in die Augen, lächelte jedoch lieb und fragte, wo sie hingingen. Ilhan mühte sich, cool danebenzustehen und so souverän zu lächeln wie Said. Doch er kam sich furchtbar schlecht darin vor. Man kann nur souverän wirken, wenn man sich auch so fühlt – und das war neben Said meist nicht der Fall. Viele Mädchen liefen weiter, einige lächelten, sagten jedoch nichts, andere dagegen antworteten, nannten Kneipen und Discos; ob aus Nettigkeit oder weil sie wirklich an ihnen interessiert waren, vermochte Ilhan nicht zu sagen.

Sie waren überall und nirgendwo in dieser Nacht, einmal auf einer Art Oktoberfest in einer Halle, in der der Alkohol alle schon viel weiter getrieben hatte. Ilhan blickte auf tanzende Frauen auf Tischen und Bänken, in ihre ausgelassen verzerrten Gesichter, auf die unterschiedlichen Beine, die sie unter ihren Röcken zur Schau stellten. Sah ihre Schuhe, schwarze wie bunte, hochhackige, elegante und plumpe, Flachsohlen, in die sich zu große Füße pressten. Es gab Frauen, die ihre wenigen Reize allzu offen herausgeputzt hatten und damit nur ihre eigene Unvorteilhaftigkeit zur Schau stellten, während die meisten halbwegs gekonnt mit ihrer Weiblichkeit spielten. Und dann gab es genug, die wirklich einen Körper hatten, der jeden Mann in den Wahnsinn treiben konnte, und die diesen Körper so offen zeigten, dass kein Geheimnis mehr blieb und jeder Wunsch entstand. Die laute Musik durchspülte seine Seele, der Alkohol lag schwer in der Luft und in all diesen Frauen, in ihrem Singen und Gekreische, im Glanz ihrer Augen und in jedem verzerrten Gesicht lag etwas traurig Verdorbenes und unerreichbar Schönes zugleich. Ilhan konnte die Augen schließen, erneut öffnen und er sah das jeweils andere.

Und irgendwann waren sie irgendwo auf einer großen Tanzfläche. Nach all den Türstehern, die Said zur Begrüßung brüderlich auf die Backe küsste, zwischen endlosen Bus-, Bahn- und Taxifahrten, nach unzähligen Gesprächen mit Mädels, bei denen Ilhan lächelnd danebenstand, kam ihm der Abend wie ein einziges Warten auf Said vor. Sie waren nur noch zu zweit und da tanzte dieser dickliche Typ auf einer Soundbox. Er hatte rotes, kurzes Haar, sein weißes T-Shirt reflektierte im Discolicht und welches Lied auch kam, immer drehte er die Hände seitlich, als würde er Glühbirnen befestigen. Und dann waren da zwei Mädchen, auch etwas untersetzt, doch man sah viel von ihrer bleichen Haut und ihre Weiblichkeit lockte. Ilhan und Said schoben und tanzten auf sie zu, kamen wie zufällig Zentimeter neben ihnen zum Stehen. In seiner Trunkenheit wollte Ilhan einer auf die Schulter tippen. Doch Said hielt seine Hand zurück. Das wäre zu früh, brüllte er gegen die Musik in Ilhans Ohr, erst müsse sich Spannung aufbauen. Und wirklich, während sie sich bewegten, spürte Ilhan, dass sie noch in einem anderen Beat, in einer anderen Welt waren. Sie schauten zwar stolz zu den Mädchen herüber, doch die sahen nur fragend und vorsichtig zurück. Ja, noch wuchs die Spannung und mehr und mehr fühlte sich Ilhan bereit für das, was Said die Show nannte. Hinter den Mädels erspähte er ein attraktives Paar, das wild herumknutschte, während der Junge seiner Partnerin immer wieder über den Hintern fuhr, über dem ein Tanga aus der Hose ragte. Noch näher tanzten Said und er sich an die Mädchen heran und nun fühlte er sich bereit, viel mehr noch als zuvor. Jetzt war er sicher, dass es gelingen würde. Schon berührten sich ab und zu ihre Ellbogen, streiften sich ihre Beine und wenn sich ihre Blicke jetzt trafen, blieben sie haften und strahlten Offenheit und Stolz aus.

Doch plötzlich erschienen zwei andere Typen hinter den Mädels und tanzten sich wie sie zuvor an sie heran. Auch sie hatten einen klaren Anführer, er trug ein Jackett über der Jeans, feine Schuhe und forderte die Mädels immer wieder mit überlegenen Blicken heraus, als wären Said und er gar nicht da. Der andere trug ein komisches rotes T-Shirt und machte nur verhalten mit. Beide waren älter, wohl auch Südländer, vielleicht Araber wie Said. Ilhan zwang sich, sie nicht anzublicken, sah auf das noch immer knutschende Paar und auf den Typen auf der Box, der noch immer die gleichen Bewegungen ausführte. Wieder waren die Typen den Mädchen ein Stück näher gekommen. Der mit dem Jackett bewegte sich nun gleichförmig mit der attraktiveren der beiden, die auch Ilhan die ganze Zeit angestarrt hatte. Der Fremde drehte sich und war im Begriff, sie halb zu umarmen. Ilhan war verloren und dachte auf einmal an seinen Bruder, der friedlich zu Hause schlief. Zentimeter für Zentimeter breitete sich ein Gefühl der Erbärmlichkeit in ihm aus und er glaubte, zu einem winzigen Zwerg zu schrumpfen, der von den selbstbewussten Schritten der anderen zertreten wird. Aber dann kam Said. Der Typ hatte seine Arme schon um das Mädchen gelegt, doch sein Freund schob sich einfach dazwischen, drückte den Kerl weg und beachtete ihn nicht weiter. Das Mädchen blickte erst verdutzt, dann sah sie den Zorn in den Augen des

Jacketträgers, lächelte und stieß ihn freundlich von sich. Als wäre es scheißegal, wer sie berührte, solange nur jeder Streit vermieden würde. Said griff sie fester, tanzte mit ihr in den Bereich der beiden Rivalen hinein und drängte sie damit mehr und mehr gegen das knutschende Paar. Erst langsam und halbwegs cool, dann immer schneller bewegten sie sich davon. Said und sein Mädchen strahlten, hielten sich umschlungen, als hätten sie die ewige Liebe gefunden. Die andere bewegte sich auf Ilhan zu. Ihr Blick wirkte unsicher, ja verkrampft, und erst da, als seine Aufregung und Trunkenheit zugleich nachließen, erkannte er in ihrem schüchternen Gesicht Emilie, die angebliche Schlampe vom Schulfest.

Alexander

Bunt rauschten die Blätter in den immer heftigeren Herbstwinden. Die Felder leuchteten in sattem Gelb und die Landstraßen bebten vor Traktoren, auf denen alte Bauern ihre Ernte einbrachten. Aysel und Alex hatten sich noch ab und an Nachrichten gesandt. Nie jedoch kam er ihr wirklich nahe, nicht ihrer Gruppe, nicht ihrem Blick, und die Wörter, die sie schrieben, waren so oberflächlich, so unverbindlich und seicht, dass sie mehr und mehr die Verzauberung des Schulfestes vernebelten. Wirklich furchtbar war, dass er in diesem Gestrüpp an Belanglosigkeiten zu keinem Mut und keiner Offenheit fähig war, dass er Feigling sich nicht traute, Dinge beim Namen zu nennen. Zumindest nicht bis zu dieser Deutschstunde im späten September. Danach sollte ohnehin alles anders werden.

Wieder blickt Alex auf die Sterne über dem Versteck. Jetzt sieht er sie klar am hellblauen Frühsommerhimmel. Er faltet die Hände hinter dem Kopf und muss lächeln, als er an den Lehrer Schuster denkt.

Mit seinen zerzausten Locken, der runden, dicken Brille und dem jugendlichen Gesicht sah er aus wie ein übergewichtiger Harry Potter. Doch seine Augen versprühten nichts von dem Glanz des jungen Zauberers. Sein Blick schaute fern und leer, als hätte er sich in eine andere Welt zurückgezogen. So stand er unbeholfen vor der Klasse in Alex' Erinnerung. Doch statt seines Zauberstabes hielt er ein kleines, gelbes Reclamheftchen von Novalis in der Hand. Sie diskutierten über eine Zweiklassengesellschaft, über den Adel damals, der das Bürgertum nicht achtete, nicht im Alltag, nicht in der Liebe und nicht vor Gott. Schnell war die Klasse beim Thema des gegenseitigen Respekts. Ein polnisches Mädchen schimpfte, dass sie mit ihrem Akzent immer als Schlampe angesehen würde, und Schuster nickte ernst. Doch dann meldete sich Said, der unendlich locker, die Beine und Arme weit von sich gestreckt, auf dem Stuhl saß, flankiert von Tarek und Ilhan. Er sprach über komische Blicke in der Bahn und Schuster schaute verständnisvoll, erzählte von Arbeitgebern, die Bewerber mit arabisch oder türkisch klingenden Namen benachteiligten, und Schuster machte klar, dass es so etwas in unserem Land nicht geben dürfte. Alex saß still und hörte kaum zu. Er sah auf Aysel, doch sie würdigte ihn keines Blickes. Auf seinen Tisch war mit blauem Fineliner eine unbeholfene Zeichnung gemalt. Erst jetzt, nachdem er schon viele Schulstunden darauf gestarrt hatte, glaubte er, eine Blume zu erkennen und dann, ohne es geplant zu haben, ohne im Geringsten innerlich darauf vorbereitet gewesen zu sein, hörte er die eigene Stimme. Zu seinem Erstaunen saß er plötzlich aufrecht und sein Einsatz fiel genau in die gebündelte Aufmerksamkeit einer Gesprächspause von Said, der gerade ansetzte, sich über deutsche Türsteher zu beschweren.

»Vielleicht reicht meine Fantasie nicht aus, aber alles, was ihr hier erzählt, kann doch keine annähernd so große Diskriminierung sein wie, dass ihr selbst es als unerträglich erachtet, wenn eure Schwester sich in einen Andersgläubigen verliebt, oder wie die Tatsache, dass ihr Mädchen anderen Glaubens zwar unbedingt ins Bett kriegen wollt, aber sie niemals für gut genug erachtet, um sie einmal zu heiraten.« Erstaunlich fest klang seine Stimme, dann hörte er eine Weile nichts, bis ein fremdartiges Rauschen in seinem Ohr einsetzte, in das ab und zu sein Herzschlag drang. Nein, es war kein normales Schweigen, das über der Klasse lag. Man sah es in jedem der Gesichter, die ungläubig auf ihn starrten. Er schaute zu Aysel – und wirklich, auch sie blickte ihn mit bewegungsloser Miene an. Doch bevor er in ihren Augen nach Emotionen hätte fahnden können, senkten sie sich.

Der erste Ton, der den Klassenraum nach langem Schweigen erfüllte, war das Geräusch von Herrn

Schusters Räuspern. Während Tiraden über Diskriminierung und mangelnden Respekt normal, ja vorhersehbar und harmlos waren, war das hier neu. Er räusperte sich lauter, schien zu überlegen, streckte die rechte Hand aus und vergrub sogleich die Linke tief in seiner Hosentasche. Vielleicht wollte er etwas Differenzierendes, etwas Allgemeines sagen und damit alle vor einer Eskalation bewahren. Doch stattdessen tönte Ilhans Stimme mit einem aggressiv aufgeladenen »Hä?« durch den Raum und Said setzte gleich die Frage nach, ob Alex ihre Kultur beleidigen wolle. Erneut richteten sich alle Augen auf ihn, obwohl er nichts Neues gesagt hatte, und auch Herr Schuster ordnete sich wieder in die Reihe der stummen Zuschauer ein. Alex sah die vielen Gesichter, von jedem Einzelnen ging ein ungeheurer Druck aus, der sich bündelte und ihm den Atem zu nehmen schien. Zugleich war in seinem Inneren ein Damm gebrochen und mit furchtbarer Wucht bahnte sich angestaute Erregung durch seine einsame Seele und sein pochendes Herz. Es mochte sein, dass er nicht gut genug für Aysel war, es mochte sein, dass er sie nicht bekam. Doch er würde es nicht schweigend hingenommen haben. Er war aufgestanden, hatte sich gegen diese falschen Werte aufgelehnt und das war mehr, als an dieser Schule üblich war.

»Ich will niemanden beleidigen, ich sage nur, wie es ist!« Mit verschränkten Armen versank er in seinem viel zu kleinen Stuhl und merkte sogleich, wie albern das wirken musste. Schnell steckte er seine Hände in die Hosentaschen und hoffte, dabei halbwegs locker auszusehen. Diesmal kam Herr Schuster den anderen zuvor.

»Mit Pauschalisierungen über andere Kulturen muss man sehr vorsichtig sein«, sagte er so neutral und verbindlich wie möglich. Doch Alex hörte ihn gar nicht. Er sah nur immerfort Aysels schwarze Augen, auch wenn sie längst ihren Blick gesenkt hatte. Als er erneut sprach, klang seine Stimme wieder ruhig und gelassen. Er schaute auf den einsamen Lehrer.

»Herr Schuster, Sie wissen, dass ich niemanden diskriminiere. Keiner würde die Dinge bestreiten, die ich gesagt habe, nur immer wieder die Tatsache anprangern, dass und vielleicht wie ich sie angesprochen habe. Oder wollt ihr bestreiten, dass euch eure Schwestern zu schade für einen deutschen Christen, selbst für einen nicht-gläubigen Türken sind, wollt ihr bestreiten, dass derjenige unter euch besonders angesehen ist, der es schafft, ein deutsches Mädchen so weit zu bezirzen und zu erniedrigen, dass sie mit ihm schläft?«

Und nun gingen dumpfe Signale der Gewalt und der Bedrohung durch den Raum. Eine Welle besteht aus einer Menge aufgebrachter Tropfen und es waren viele einzelne Bewegungen, die spüren ließen, dass es ernst wurde. Das Zentrum war Said, der sich raffte, aufrecht setzte und wie beim Beginn einer Angriffsbewegung nach vorn beugte. Von dieser Mitte der stillen Aggression zogen sich die Kreise über Ilhan, in dessen Gesicht sich blanke Verachtung zeigte, weiter über Tarek, der seine Fäuste ballte und seinen Blick in rote Bedrohung tauchte. Auch Benjamin, der immer mit ihnen abhing, schaute böse, obwohl doch seine Schwester ebenfalls freizügig herumlief und einmal von Said stehen gelassen wurde. Der Strom ging weiter durch die Mädchen, die sich bedeckt hielten, hier wurde er zu abfälligem Kopfschütteln und einem abweisenden Gesichtsausdruck. Viele seiner deutschen Mitschüler sahen ihn ebenfalls finster und verstört an. Die meisten jedoch schauten entsetzt, als wäre ein Tabu gebrochen, das sie bisher vor allen anderen, vor allem aber vor sich selbst gehütet hatten. Nur Aysel schaute nach wie vor auf das dunkle Holz des Tisches. Dann ertönte erneut die Stimme von Said.

»Ich weiß gar nicht, was du hast. Das ist doch alles eure Kultur, dass Mädchen früh mit Männern schlafen, dass alles sexuell freizügig ist. Wir kritisieren euch da ja auch nicht. Wenn dich das mit den deutschen Mädchen stört, beschwer dich doch bei denen, oder willst du unseren Mädchen vorschreiben, dass sie mit irgendwelchen untrainierten Deutschen schlafen sollen? Bist du dann zufrieden?«

Kaltes Lachen ging durch die Klasse. Alex kostete es einigen Mut, Said anzuschauen, und während er es tat, glich sein Herzschlag einem MG-Feuer in der panischsten Phase eines Angriffs. Kurz blickte er wieder auf Benjamin, auf Ilhan, die beide dümmlich lächelten. Dann beugte Said sich wieder weiter vor, öffnete seine Handflächen weit nach außen und zog die gesamte Aufmerksamkeit der Klasse auf sich. Er strahlte das Glück und die Zufriedenheit eines gewonnenen Kampfes aus. Mit seinen Händen in den Taschen kam sich Alex unendlich verkrampft, ja erbärmlich vor. Er spürte, wie verschwitzt sie waren, und musste an einen alten Mann denken, der mit einem Stofftaschentuch die Hände von Schweiß befreit. Nach nichts sehnte er sich so sehr wie nach dem Klingelzeichen, eine andere Rettung war nicht vorstellbar. Und doch kam sie. Aber nicht durch die Klingel, nicht durch Thomas, durch keinen seiner engen Freunde oder Herrn Schuster, der dort wie ein drittklassiger Zauberer stand, dessen Tricks enttarnt worden waren. Sie kam durch Volkan, jenen geheimnisvollen Jungen mit dem dunklen Blick, der genau wie Helena durch die Welten zu wandeln schien. Sie verstanden sich gut, aber Alex hätte nie gedacht, dass Volkan ihm hier zur Hilfe eilen würde.

»Aber du weißt, Said«, fragte Volkan leise, »dass Männer im Islam genauso dreckig, genauso Schlampen sein können wie Frauen?«

Der lachte nur auf, aber nicht über den Satz. Es war ein schüchternes, zurückweichendes Lachen, als wäre er bei etwas Falschem ertappt worden und als sollte man jetzt lieber nicht weitersprechen.

»Ja, aber ihr haltet euch nicht daran«, sprach Volkan ruhig weiter. »Ihr geht voll auf die deutschen Frauen, nehmt ihnen jede Ehre und fühlt euch noch gut dabei. Ihr müsstet euch genauso selbst verachten.«

Die Stille, die nun folgte, fühlte sich anders an. Noch immer gab es bestürzte Gesichter, doch sie sahen nicht mehr zu Alex, nicht mal mehr auf Volkan. Sie schauten auf Ilhan und Said. Das Blatt hatte sich gewendet.

»Aber wie kann denn ein Mann als Schlampe gelten?«, fragte Ilhan empört zurück.

»Das solltest gerade du wissen, Volkan!«, pflichtete Said ihm nickend bei. Ihre Stimmen klangen hart und stolz und ein wenig so, als würden sie in einer Ecke stehen und jeden, der ihnen zu nahe kommt, im Boden versenken wollen. Alex sah keinen der beiden an. Sein Blick fiel nur kurz auf Ilhan, in dessen Augen Verwirrung, doch auch abweisender Stolz lagen. Dann sah er zu Aysel, deren weißes Kopftuch nach vorn gesenkt war und deren Blick noch immer auf dem dunklen Holz der Tischplatte ruhte. Wie sehr wünschte er sich, dass sie ihm in die Augen schauen würde, und komischerweise stellte er sich gerade in diesem Moment vor, sie zu küssen. Doch sie saß regungslos und so preschte er einfach wieder vor. Als wäre alles egal, egal, was jeder Einzelne in diesem Raum davon hielt, solange nur sie es verstand.

»Pffff, Schlampe, was für ein bescheuertes Wort«, rotzte er mit gesenktem Kopf in die Klasse, die Hände jetzt lockerer in den Hosentaschen. Dann hob er den Kopf, öffnete die Arme und blickte offen und klar in die Gruppe um Said. Cooler und viel beherrschter als zuvor fuhr er fort:

»Wie könnt ihr das Schönste, was es gibt, die freie Liebe, einfach so ausnutzen? Wie könnt ihr in ihr nichts sehen als die billige Gelegenheit, ein bisschen Sex zu haben, und dann später auf eine reine Frau bestehen. Es gibt unendlich viele Arten, wie Liebe entstehen kann. Eure ist die schlechteste!« Nun war es Herrn Schuster zu viel.

»Alex«, sagte er in scharfem Ton in das leise Geraune der Klasse hinein. »Man kann verschiedene Arten von Liebe ja wohl …« Er schien zu zögern, rang sichtlich nach Worten. Dann ertönte das Klingelzeichen. In die Stille von Schusters Zaudern hinein wirkte es viel lauter als sonst. Der Lehrer blickte auf das metallene Gehäuse an der Wand, öffnete erneut den Mund, doch er sagte noch immer nichts. Eine Schülerin zu Alex' Linken, die es wohl eilig hatte, sprang auf und lief Richtung Tür. Schuster ermahnte sie nicht und so taten es ihr schnell viele nach. Die Klasse war in Auflösung und im allgemeinen Gewirr trafen sich die Augen von Alex und Volkan, ganz kurz waren die Blicke, doch Alex wurde klar, dieser Junge verstand mehr von seinen Zweifeln als alle seine deutschen Freunde.

Ilhan

Sein Leben veränderte sich in diesen Tagen und zerbrach in viele Welten. Bei Said war er berauscht und mitgerissen und sehnte sich doch oft nach seiner Familie, nach ihrem Glauben, der vor allem durch Yasin hochgehalten wurde. Aber war er dort, zu Hause in der engen Wohnung, galt jeder seiner Gedanken der Welt der Sünde, in die Said ihn führte. Said selbst war dort nicht mehr als ein Eindringling, ein Eroberer, der nichts von dem Leben dort verstand und doch allzu viel. Dieser Junge, dessen Mutter sich nicht zeigte, wenn Ilhan oder andere männliche Besucher da waren, war so sicher im Umgang mit den Mädchen in den Clubs, war so überzeugend, dass nur er ihren getriebenen Seelen etwas wie Frieden geben konnte. Aber in Ilhan herrschte kein Frieden und am klarsten wurde das an jenem Morgen, an dem die Welten mit voller Wucht aufeinanderprallten.

Mit äußerster Vorsicht versuchte er, geräuschlos den Schlüssel ins Schloss zu führen. Die Schuhe hatte er schon vor der Eingangstüre und nicht wie sonst im

Flur ausgezogen. Jedes Mal, wenn er nach durchzechten Nächten nach Hause kam, fühlte er sich wie ein Einbrecher im eigenen Haus. In voller Konzentration, trotz seiner müden Trunkenheit keinen Mucks von sich zu geben, hatte er den Flur hinter sich gebracht und schloss leise die Zimmertüre. Doch in seine Erleichterung hinein spürte er plötzlich einen Atem im Nacken und schlagartig wurde es hell. Da stand sein Bruder Yasin, in einer langen Sporthose, weißem T-Shirt und schwarzen Socken. Mit seinem Teppich war er bereit zum Morgengebet. Sein Blick war kühl und abschätzend und Ilhan wurde es heiß in seiner dicken Jacke. Er schluckte in die Stille hinein, sagte cool und doch hilflos:

»Ich habe mich ein wenig vergnügt.« Nichts bewegte sich in den müden Augen seines Bruders und kalt war seine Stimme.

»Bist du betrunken?« Ilhan hasste, wie abfällig, wie voll Widerwärtigkeit er das Wort »betrunken« aussprach. Doch er ging mit, legte die gleiche Abscheu in die Stimme, als er antwortete, als wolle er sich selbst strafen.

»Es sind ihr Alkohol, ihre Partys, ihre eigenen Frauen, die sich herausputzen. Jeder normale Mann wird ständig in Versuchung geführt. Nirgends eine moralische Kontrolle durch die Gesellschaft. Im Gesetzeeinhalten sind sie gut, aber sobald es darum geht, Ehre zu schützen, ist jedem alles egal.« Beschämt blickte er auf die eigene Hand, die langsam den Jackenreißverschluss öffnete.

»Und da dachtest du, du tust es ihnen gleich und verhältst dich genauso?« Ilhan zog die Jacke aus und doch wurde ihm immer heißer. Er sank auf sein Bett, wollte das Gespräch beenden, aber da war noch etwas, das ihn tief im Inneren stach. Und da merkte er, dass es dasselbe Gefühl war, dass er sich vor seinem tiefgläubigen Bruder genauso erbärmlich fühlte wie vor dem wild herumvögelnden Said. Die Hitze nahm noch zu, das innere Stechen wurde stärker und da wusste er, es waren nicht Yasins Worte, die ihn so störten. Es war die unglaublich herablassende Sicherheit, die in diesen Worten lag. Mit einem Mal war er aufgesprungen, stand ganz nah vor seinem Bruder und blickte ihm tief in die Augen.

»Ach du, mit deinem ewigen Beten, deiner Moral und deiner Überheblichkeit. Als wärst du in diesem Land frei von sündigen Gedanken. Ich weiß, dass es dir nicht gefällt, aber ich versuche, alle positiven und spaßigen Dinge zu nutzen, aber gleichzeitig meinem Glauben treu zu bleiben. Was ist so schlimm daran?«

Yasin schaute belustigt.

»Du bist derjenige, der gar nichts versteht! Die Liebe sowohl zu Gott als auch zu einer Frau ist das wertvollste Geschenk, welches wir bekommen haben. Bei beiden verpflichtest du dich zur lebenslangen Treue. Wenn du deinen Glauben mit Füßen trittst, indem du weder betest noch ehrenvoll mit Frauen umgehst, also kein guter Muslim bist, wirst du niemals deinen Frieden finden und glücklich werden. Gott wird dich für deine Sünden strafen und auch deine Frau wird dich einmal für dieses Verhalten verachten.« Er hob seinen rechten Zeigefinger. »Ich habe die Liebe zu Gott, du nur deine Lust.«

Schwer und tief spürte Ilhan den Alkohol und erwiderte nur ein müdes »Du hast recht«.

Während er im ruhigen Bett lag, dem murmelnden Gebet des Bruders lauschte und sich in der anhaltenden Trunkenheit alles zu drehen begann, fühlte er sich wie auf einer schwankenden Brücke. Da war die feste Welt mit dem viel zu gestrengen Bruder, dort das weite Land der fremden Versuchungen. Oder war sein Bruder gar nicht zu streng? Warum konnte er nicht ein wenig mehr so sein wie Yasin? So vollkommen im Einklang mit der Religion und deren Riten. Umhüllt von warmen Gedanken und Liebe, die Yasin empfand, wenn er sich mit seinem Glauben beschäftigte. Das spürte Ilhan. Er spürte es, wenn Yasin sich darüber unterhielt, wenn er ihm tagein, tagaus beim Beten zusah und sogar dann, wenn Yasin gerade belehrend jemanden über die Richtigkeit des Korans ermahnte. So oft, wenn sich Yasin vor dem Gebet durch die körperliche Waschung reinigte und Ilhan ihm dabei zusah, ging ihm durch den Kopf, dass alles so einfach sein könnte. Er drehte sich, drückte den Kopf in sein Kissen, vergaß vieles und erinnerte sich an umso mehr. Dann kam es wieder, das Gesicht von Emilie, und sie lächelte so lieb, dass es ihm vorkam, als verstärke es den Alkohol in seinen Adern. Auf einmal gab es keine Brücke mehr und er trieb allein zwischen den Welten. Keine der beiden würde ihn je verstehen und er verstand beide allzu gut.

Sie hatten sich geküsst, Emilie und er, in einem Keller mit Kickern und Sofas, der irgendwie vom Jugendamt gesponsert wurde und zu dem Said und jetzt auch Ilhan einen Schlüssel hatte. Auf Dauer, wenn er hier nicht auf seinen murmelnden Bruder hörte und es stoppte, würde mehr passieren. Alles war so leicht, so einfach sein Lauf in die Tiefe der Lust und so mächtig war der Sog dorthin. Erst am Ende würden die Zweifel, würde die Schuld und würde auch die Abscheu kommen. Doch jetzt noch nicht. Noch wollte er genießen, was Yasin auch denken, was er auch sagen mochte. Nach alledem würde schon Zeit genug für Buße sein. Selbst dieser Gedanke kam ihm nicht böse, nur vernünftig vor. Und während sein Bruder müde an ihm vorbeiging und das Licht löschte, beruhigte sich sein wildes Blut und er musste lächeln. Endlich, in all diesem Gewirr würde er schlafen können, schlafen und träumen, im Frieden zwischen den Welten.

Alexander

Nach dem Klingelzeichen war es sehr schnell gegangen. Alle verließen die Klasse, als sei nichts geschehen, und schüchtern hatte Alex Herrn Schuster beim Herausgehen ein leises »Schönen Tag noch« gewünscht. Thomas und seine anderen deutschen Freunde hatten den Vorfall nicht mehr angesprochen, als sei ihm da ein komisches Malheur passiert, das man besser vergisst. Die Gruppe um Said und Ilhan schaute ihn eine Weile abfällig an, doch das verging. Zwei alternative Jungs aus der Klasse schnitten ihn ab diesem Tag und einer von ihnen sagte ihm eines Abends in einer Kneipe, wie abscheulich er fand, was Alex da gesagt hatte. Er zwirbelte dabei an seinen Dreadlocks herum, sodass Alex ihm nicht in die Augen sehen konnte, und ließ ihn dann einfach stehen, ohne dass er etwas hätte erwidern können. Doch mochten sie denken, was sie wollten. Sie waren blind für das, was er sah, und nie hatten sie die Gefühle gespürt, die ihn jeden Tag durch seine Liebe zu Aysel heimsuchten.

Gleich nach Schulschluss war er nach Hause und an den Rechner gestürzt. In immer kürzeren Abständen hatte er seinen Facebook-Account geladen. Jedes Mal in der Hoffnung auf ein kleines rotes Feld, das eine Nachricht von ihr meldete. Anfangs herrschte freudige Erwartung, die mehr und mehr von Zermürbtheit verdrängt wurde. Bald fühlte er sich so elend und niedergeschlagen, als hätte er das Haus seiner Eltern im Internet an einen Hütchenspieler verloren. Er öffnete das Fenster und war überrascht, wie kalt es draußen bereits war. Die Herbstdämmerung setzte ein und tauchte den Horizont in tiefes Rot. So wurde es Nacht, doch nichts weiter geschah. Alex wusste, dass er nicht würde schlafen können, schnappte sich seine Jacke und lief zwischen wehenden Blättern durch die einsamen Straßen der Vorstadt. Er versuchte, sich an die Deutschstunde zu erinnern und Aysels Reaktion in seinem Kopf zu rekonstruieren. Doch die Erinnerung schmerzte ihn und er gab es bald auf. Wieder zu Hause rannte er fast vorbei an seinen Eltern, die friedlich beim Abendbrot saßen und ihr einziges Kind verdutzt anschauten. Noch in Jacke und Straßenschuhen schaltete er den Rechner an. Er loggte sich ein – und tatsächlich, da war eine Nachricht und sie war wirklich von Aysel.

Hi Alex,

vieles von dem, was Du heute gesagt hast, verstehe ich. Ich verstehe, wie es Dich nervt, wie sich man-

che muslimische Jugendliche benehmen. Ich verstehe, wie Dich die Doppelmoral nervt. Du hast gesagt, es gibt eine unendliche Fülle an Arten, wie Liebe entsteht. Der Satz hat mir gefallen und bei uns ist es nicht anders. Unsere Welt ist groß und weit, und Du darfst sie nicht über einen Kamm scheren.

Es gibt Familien, da stellen sich verschiedene Werbende der Braut und ihren Eltern vor, bis diese sich einen Glücklichen herauspickt. Manchmal wählen die Eltern den Partner auch komplett selbstständig aus. Ich will Dir da nichts vormachen, wir haben am Anfang auf den Matten im Geräteraum beschlossen, offen zu sein, und mit Offenheit will ich Dir schreiben, wie die Dinge bei uns laufen. Ich weiß, dass bei Euch das Heiraten von Unbekannten verpönt ist. Ich kann das nicht verstehen. Am Ende haben unsere Eltern doch so viel mehr Lebenserfahrung, haben so viel mehr erlebt und gefühlt als wir selbst. Wir können uns doch sicher sein, gerade in solchen Dingen, dass sie nur das Beste für uns wollen und nur in unserem Sinne entscheiden. Oder glaubst Du ernsthaft, es gäbe nichts Wichtigeres für sie, als die Wahl einer geeigneten Liebe für ihre Kinder?

Sicher, mir gefallen sie auch, die Lieder, Bücher und Filme, in denen man sich trifft und sich blitzschnell in eine traumhaft schöne erste Liebe verrennt, aber wie sieht das in der Realität aus? Dreizehnjährige Mädchen, die mit kurzen Röcken, in den extremsten Farben geschminkt, freitagabends in die Discos fahren, wo nichts auf sie wartet als die bittere, ewig wiederkehrende Enttäuschung. Eklige Typen (ja, oft Türken), die an nichts weiter interessiert sind als an ihren Körpern und die sich darauf »spezialisiert« haben, möglichst unerfahrene Mädchen ins Bett zu kriegen, um sie danach benutzt und wie Dreck zurückzulassen. Ist das Eure freie, selbstbestimmte Liebe? Entschuldige, aber darauf kann ich verzichten.

Aysel

Alex schloss die Augen, atmete langsam und versuchte, schnell zu denken. Was sie schrieb, war hart, aber sehr ehrlich. Ihr Ton war freundlich, ja sogar nett. Dazu war sie offen und wenn ein Mädchen mit einem Jungen offen über Liebe spricht, wird es immer Hoffnung geben. Als er seine Augen wieder öffnete, leuchtete das kleine rote Feld erneut, wieder stand dort ihr Name neben einer weiteren Nachricht. Sie war weit kürzer, ohne Anrede und ohne Gruß.

Überhaupt Alex, »Liebe«, was soll das bei Euch schon sein? Wie lange hält eine von Euren Ehen? Wie schnell wird Zuneigung verraten? Welche Gefühle sind bei Euch schon groß genug, um zu bleiben?

Wieder waren ihre Worte hart und griffen bewusst seine Wertvorstellungen, seine Welt an. Aber er spürte, dass sich hinter dieser Härte Zweifel verbargen. In seinem Zimmer ging er auf und ab. Jetzt erst merkte er, dass er noch immer die dicke Jacke und Straßenschuhe trug. Erneut verließ er das Haus und lief durch die nächtlichen Straßen, fand jedoch nur Bruchstücke, einzelne Sätze, aber keinen Zusammenhang. Müde legte er sich weit nach Mitternacht ins Bett, doch war noch immer zu aufgewühlt, um Schlaf zu finden. Dann endlich tauchten sie vor ihm auf, die Ideen für seine Antwort, und gossen sich zu Sätzen. Es war ihm dabei, als würde er mit ihr sprechen. Als gäbe es bei diesem Gespräch keine Barriere zwischen ihr und dem, was ihn in seinem Innersten umtrieb. Bedächtig stand er auf und ging zu seinem Rechner. Sein Zimmer wurde nur von dem leichten Schein des Monitors erhellt. Er sah ihr Bild und daneben den Text, den er schrieb.

einsam sind wir, sehr alleine. Das Leben besteht aus tausend Kämpfen. Wir müssen uns in der Gesellschaft behaupten, müssen beliebt und anerkannt sein, wir müssen für ein gutes Einkommen sorgen – und zu alledem müssen wir nach einem Menschen und einer Bindung suchen, die uns warm hält. Draußen, allein und auf weiter Flur, immer wieder aufs Neue und, wenn man so will, jeder gegen jeden. Oh ja, sie ist anfällig, unsere Liebe. Sie ist zart und verletzlich, allem Zorn und jeder Missgunst, die uns entgegenströmen, jedwedem Windchen und der Witterung der Zeit hilflos ausgesetzt. Alles um uns ändert sich, wir ändern uns und unsere Empfindungen müssen immer wieder gefunden und behütet werden. Oft genug hält die Liebe nicht stand, oft fällt sie zusammen und erbärmlich häufig schmilzt sie vor unseren Augen dahin. Ja, immerfort wird sie allein gelassen und geht, sich schmerzlich windend, zugrunde.

Aber Aysel, unsere Liebe ist frei und nur darum ist sie mächtig und schön. Weil wir mit jedem Atemzug der Liebe spüren, dass sie echt und wahr und wahrhaftig bei uns ist. Selbst in den Momenten, in denen sie uns Schluchzen und Unglück bereitet, in den einsamen und verzweifelten Stunden, haben wir doch die Gewissheit, dass sie selbst gewählt ist. Und die süßen Momente schmecken umso süßer, sind umso kostbarer und erfüllender, denn in ihnen steckt das wirklich freie und tatsächliche Glück.

Ja, es ist ein weites Meer aus Menschen, in dem wir uns träge und unsicher bewegen, es ist mühevoll und kalt, jemanden zu finden, damit man nicht einsam ist. Doch immer wieder wollen wir der zarten Pflanze dieser Liebe eine Chance geben, immer wieder geben wir uns ihrer Schönheit hin. Wenn man so will, sind wir ganz schöne Idealisten, ja eigentlich sogar Verrückte, dass wir es immer wieder versuchen, anstatt ernüchtert aufzugeben.

Am Ende, dessen sind wir uns sicher, ist die Liebe das Kostbarste, was es gibt.

Alex

Es mochten Minuten, mochten Stunden sein, die er schrieb. Erst als er das letzte Wort getippt hatte, merkte er, wie seine Augen schmerzten, als hätte er die Lider vor Konzentration die ganze Zeit nicht geschlossen. Auf seiner Stirn stand der Schweiß, obwohl er nur im T-Shirt bekleidet im Zimmer saß. Er wollte auf Senden klicken, tat es dann doch nicht. Langsam stand er auf, lief in die Mitte des Zimmers und setzte sich ruhig auf den weichen Teppichboden. Alles war finster, bis auf den matten Schein des Bildschirms. In seiner Fantasie sah er Aysel, wie sie den Text öffnet, stellte sich vor, wie sich ihr Gesichtsausdruck bei jedem Absatz verändert und wie seine Worte ihre Zweifel an ihrer eigenen Welt stärken. Doch je länger er dort auf dem Boden in die Dunkelheit starrte, umso unsicherer wurde er, ob das der richtige Weg war. Etwas missfiel ihm und er entschied sich, die Nachricht so nicht abzuschicken. Dies war nichts für eine Mail in einem sozialen Netzwerk. Er schlich in das Arbeitszimmer seines Vaters, nahm den besten Füller und ein Blatt Papier und schrieb darauf den Text in Handschrift. Hatte Emilie nicht gesagt, Aysel käme fast jeden Morgen allein in die Bäckerei und kaufe etwas? Sie sollte den Brief einfach unter einer Gebäcktüte mitreichen und dabei aufmunternd nicken. Das würde keinem auffallen. Nun war es drei Uhr, seine Cousine würde bald in der Backstube anfangen. Er steckte den Brief in einen Umschlag, schrieb schnell »Aysel« darauf und stürmte hinaus in die Nacht.

Ilhan

In den Herbstferien hatten sie sich öfters in dem dunklen Keller getroffen. Es lief immer gleich ab, sie redeten kurz, dann zog er Emilie an sich. Auch der Sex hatte schnell seinen immer wiederkehrenden Ablauf gefunden, der genau auf seine Bedürfnisse zugeschnitten war. Ilhan war zu klug, als dass er sich selbst hätte einreden können, sie käme nur, weil er so ein geiler Typ und der schrubbelige Gummikondomsex so überwältigend sei. Doch er hatte ihr klargemacht, dass nie mehr laufen würde. Er gehörte nicht zu den coolen Jungs im immer ferneren Ruhrgebiet, die in den immer gleichen Worten ewige Liebe versprechen. Dazu fühlte er sich zu männlich, zu ehrlich und empfand es als unislamisch, so etwas zu tun.

Oft gingen sie in diesen Tagen mit der Gruppe um Said weg und immer berauschender empfand Ilhan die Ausflüge in die Nacht. Dieses Land war so voller unsicherer Geschöpfe, die sein wildes Blut mit ihrer nach außen getragenen Weiblichkeit zum Kochen brachten, die ihn in diesen Stunden um den Verstand brachten und die man nur zu erobern brauchte. Es war ein Spiel. Er war ein Spieler und das Gefühl, ein Gewinner zu sein, wollte mit immer weiteren Siegen genährt werden. Der Gruppe war es mit der Zeit vollkommen egal, ob deutsche Männer dabeistanden, wenn sie ihre Frauen ansprachen. Sie selbst hätten es nie zugelassen, dass man sich Mädchen in ihrer Gruppe genähert hätte. Doch die meisten Deutschen ließen das einfach über sich ergehen. Manche schauten dabei abwesend in die Luft, als würden sie nicht einmal zuhören, andere wurden zornig, doch wehrten sich nicht, und einige lächelten sogar noch dumm dazu und versuchten, sich in die Gespräche einzubringen. Sie waren so voll mit ihren Injektionen anerzogener Rücksicht und Toleranz, so bar jeder Kraft und Aggression, dass es Ilhan immer wieder staunen ließ. Die Deutschen, die sich wehrten, taten das unendlich bedacht. Es war offensichtlich, was sie über Ilhan und seine Gruppe dachten, was sie von Muslimen, die nachts auf Mädchenjagd gehen, hielten, doch keiner wagte, es auszusprechen. Als lägen sie in Ketten und als würden sie sich nur so bewegen, dass sie ihre Ketten nicht berühren.

Doch um jeden von uns liegen Ketten, mag man auch noch so mächtig tun, und wie schmerzhaft rissen Ilhan diese Ketten an jenem düsteren Abend zurück.

Es war eine Kneipe wie aus der Zeit gefallen mit schweren Holztischen, Bierkrügen, mit massigen Balken und Zeichnungen an der Wand, die trübe Sommertage zeigten. Wo man hinsah, waren Studenten, lässig gekleidet, lässig gestimmt, und obwohl Ilhan und die anderen die Schicksten waren, nahm sie niemand wahr. Sie hätten allesamt nackte Kopfstände machen können, diese gespielt verträumten Typen hätten durch sie hindurchgesehen. Als lebten sie in andren Zeiten, in entfernten Universen, in denen man sich spürt, doch nie zusammenkommt, und diese Form des Ignoriertwerdens war die schlimmste, die Ilhan je erfuhr. Und dann war da, in dieser komisch diffusen Erniedrigung, zu allem Überfluss auf einmal Helena, diese unberührbar schöne Freundin von Aysel, und ihr Lachen strahlte in einer Mitte schöner Studenten.

Ob Said Ilhans Blick bemerkt hatte? Ob er spürte, wie endlos überfordert sein Gefolgsmann beim Anblick dieses Mädchens war? Ob Said sich selbst in diesem abgeschottet lockeren Getümmel unerträglich unwohl fühlte, wie meist, bevor man etwas Unüberlegtes tut, das von vornherein nur im Scheitern enden kann? Ilhan weiß noch, wie Said sich mit einem Mal ruckartig an ihm vorbeischob, weiß noch, wie Tarek und Benjamin sogleich folgten, er auf einmal alleine dastand und hastig nachging. Doch beim besten Willen kann er sich nicht erinnern, was er sich in dem Moment gedacht haben mag und warum er die Gefahr nicht kommen sah. Plötzlich standen sie inmitten der Studentengruppe und Said sprach nur mit Helena, die leicht geschmeichelt, leicht genervt ihre Haare nach hinten warf. Ilhan weiß noch, wie sich alle andren in dem kleinen Kreis verloren vorkamen, er, Benjamin und Tarek, erst recht die deutschen Freunde von Helena. Doch er weiß nicht mehr, womit sich Said da gleich am Anfang aus dem Ring redete. Der Moment war so spannungsvoll, zugleich so unglaublich leer, und in ihrem allzu höflichen Lächeln zeichnete sich Saids Niederlage immer deutlicher ab. Die Musik, die Gespräche herum schienen immer lauter anzuschwellen und doch verstand man jedes überschüssige Wort. Es sei recht langweilig hier, sie sei ihm gleich interessant vorgekommen, er sei hier nur selten und wolle gleich weiter, wohin, wo noch was geht. Nichts zündete und sie alle im Kreis herum warteten, dass es endlich endete. Doch der schlimmste Augenblick sollte erst noch kommen, denn da drehte sich Helena mit einem Mal zu ihm, nur zu ihm und schon ihr sanfter Blick schoss ihm einen riesigen Kloß in seinen Hals.

»Bist du nicht Ilhan, der Bruder von Aysel?«, sagte sie dann mit einem offenen, schönen Lächeln, dessen weiße Zähne, dessen Glanz in ihren zauberhaften Augen ihm noch heute in Erinnerung sind. Sie schien zu zögern, als sei es unschicklich, in dieser Atmosphäre über Aysel zu sprechen. Und auch Ilhan war versteinert, denn da waren die Welten wieder donnernd gegeneinandergeprallt. Jemand anderes, Said vielleicht, hätte das Thema, hätte seine Schwester einfach so beiseiteschieben können und sich wieder voll auf den Moment konzentriert. Doch Ilhan konnte das nicht. Noch heute kann er sich nicht vorstellen, welche Antwort in diesem Moment angemessen gewesen wäre. »Ganz gut«, faselte er locker und Helena sagte nur »Aha, schön« und versuchte schon wieder höflich zu lächeln, wie es nur die deutschen Mädchen können. Diese perfekten Menschen, die selbst noch den furchtbarsten Moment zu glätten gedenken, wie die Falte einer Tischdecke. »Grüß sie lieb«, schoss sie sogar noch nach und der Moment zerrann zu einer einzigen Unerträglichkeit.

Die Freunde Helenas schafften es, den Kreis so geschickt zu schließen, dass sie wieder alleine standen. In Saids Augen lag unbändiger Zorn, aber es war klar, dass er sich hier mit niemandem anlegen würde. Doch was kümmerte ihn Said in diesem Moment? Da schoss etwas viel stärkeres durch Ilhans in Wallung gebrachtes Blut, es war Wut auf Helena, auf Said, auf Aysel und sich selbst. Es war eine Ohnmacht, dem eigenen Leben nicht gewachsen zu sein, in jedem Fall scheitern zu müssen, mochte kommen, was wolle.

Schnell zogen sie weiter in die Herbstnacht, doch für Ilhan war der Abend verloren. Dieses wunderschöne Mädchen Helena mit ihren blonden Locken, sie war nicht nur unerreichbar und würde es stets bleiben, sie vermochte es auch, die Verlogenheit seiner Welt erbarmungslos offenzulegen. Stumm lief er zu Hause an seinem betenden Bruder vorbei, ignorierte blind dessen tadelnde Blicke und zog sich in seine Träume zurück.

Alexander

In den Altstadtgassen und den Neckarauen breitete sich der Nebel aus. Die letzten bunten Blätter verfärbten sich ins Dunkle und lagen bald modrig und von Dreck geschwärzt in den kalten Straßen. Der Sommer und mit ihm alles Warme waren gewichen und bald würde der Frost kommen.

So endeten die Herbstferien für Alex in müder Trance, in der er sich am ersten Montag in die Schule schleppte. In den vergangenen zwei Wochen war er so früh nicht draußen gewesen und fror nun erbärmlich. Schlotternd betrat er die große Pausenhalle als zentrale Bühne des sozialen Lebens, schob sich mit schweren Augen durch die enge Menschenmasse und gesellte sich in die Ecke der Deutschen seines Alters, wo schon Thomas und Kevin – ein schweigsamer, dicklicher Junge – lethargisch auf das Klingeln zur ersten Stunde warteten. Nirgends schien viel Erzählenswertes passiert zu sein und die meisten in der Halle bevorzugten in ihrer Müdigkeit die Rolle des stummen Zuhörers. Dass Aysel nicht geantwortet hatte, war eigentlich nicht verwunderlich und es gab

Momente, da konnte er sich einreden, dass es ihn gar nicht störte. Wie oft wurde eine Annäherung von Mädchen abgewiesen? Warum überhaupt schrieb er einer mit Kopftuch durch die Schule wandelnden Türkin verquere Texte über Liebe, die trotz seiner feigen Indirektheit doch nur einen Schluss zuließen? In den Ferien hatte ihn dieser Gedanke gepikst und er hatte das Piksen als albernen Dornenstich abgetan. Doch wenn er tiefer abtauchte und sich den bedeutenden Ebenen seines Daseins näherte, spürte er, wie falsch das war. Dort unten fühlte er sich zurückgewiesen für das, was er war. Dort ahnte er, dass es hier etwas viel Mächtigeres gab als ein schüchternes Mädchen und ein Junge mit zu viel Mut. Da besaß etwas Kraft, Liebe in ihrer vollen Blüte zu erdrücken und erst recht den kleinen Keim des Verliebtseins zu ersticken. Trotzdem war er verletzt, gerade deswegen verloren. Dann fühlte er sich unsicher und kalt, doch gleichzeitig brodelte eine ungekannte Wut in seinem eintönigen Leben. Nun, in der Müdigkeit, spürte er seinen heimlichen Zorn umso mehr und umso stärker sehnte er sich nach Schlaf, um alles zu betäuben. Und doch war da der Wunsch, mit Aysel zu reden, ihr zumindest diesen Gedanken mitzuteilen, auch wenn alles von Beginn an zum Scheitern verurteilt war. Aber hier, in der großen Pausenhalle, vor allen anderen, war das ohnehin unmöglich. So stand er ruhig am Rand, mühte sich, nicht so müde dreinzuschauen, und ließ die Wellen der Emotionen über sich ergehen. Vor seinen Augen biss Kevin immer wieder in ein Wurstbrötchen, das nicht kleiner zu werden schien. Das An- und Abschwellen der Gespräche um ihn nahm er mehr und mehr als natürliches Rauschen war. In seine Mattheit und aufkeimende Verzweiflung hinein funkte immer wieder der Gedanke, einen Blick zu den Gruppen der türkischen und arabischen Mädchen dort bei den Säulen zu werfen, schnell wieder wegzusehen oder gar ihre Augen zu suchen. Doch so offen wollte er seine enttäuschten Gefühle nicht zeigen.

Volkan, dieser leicht verpeilte nette Kerl, der Teil einer vierköpfigen Rockband war und ab und an Auftritte hatte, schlenderte herbei, ließ Gitarre und Rucksack von den Schultern sinken und nickte müde und stumm. Und dann plötzlich kam er eben doch, der Moment, in dem seine Vorsätze, sein Wille und Stolz die Kontrolle verloren und die Einsamkeit, die Hoffnung und Sehnsucht sein Handeln bestimmten. Er drehte sich halb, versuchte dabei, aufrecht und dynamisch zu wirken, und blickte über seine Schulter, Aysel schnell und unauffällig zu suchen. Sogleich fuhr er zusammen. Dort stand sie stumm am Rande der türkischen Mädchengruppe und ihre großen, dunklen Augen starrten ihn geradewegs durch das Gewirr herumtollender Unterstufenschüler an. Auch als sich ihre Blicke trafen, wich sie Alex nicht aus, sondern bohrte nur fester, als könne sie durch die Hülle seiner Seele brechen und alles darin Befindliche freilegen. Adrenalin schwappte bis in die letzten Fasern seines Körpers, rüttelte ihn auf und überforderte ihn zugleich, sodass er wie gelähmt dastand. Von Müdigkeit war nichts mehr zu spüren und es kam ihm vor, als würde er vollkommen bescheuert anfangen zu wippen, obwohl das wahrscheinlich nicht stimmte. Er drehte sich zurück zu seiner Gruppe, schloss die Augenlider und verlor sich im Schwarz. Schrill läutete die Schulglocke. Doch während die Schüler um ihn hektisch zu ihren Klassenräumen hechteten, blieb er still stehen. Als einer der Letzten verließ er langsam die Halle, während sein Kopf nur von einer Frage beherrscht wurde. Was hatte ihr Blick zu bedeuten?

Ilhan

Der Zug ist in voller Fahrt und vor dem Fenster zieht Dorf für Dorf die Beschaulichkeit dieser Republik vorüber. Mit weißen Fassaden, warmen Lichtern und dem unerschütterlichen deutschen Glauben an das Gute in jedem Menschen. Dort liegen ihre vollgestopften Kinderzimmer. Dort werden sie mit Liebe und Zuneigung überhäuft, in jedem Kummer getröstet und in jedem Erfolg unendlich bestärkt. Dort hinter den Fassaden muss es passieren, dass sie so furchtbar weich und wehrlos werden. Ilhan steht auf, zieht eines der Zugfenster herunter und ihn umweht der milde Nachtwind. Da fühlt er sich auf einmal wieder in jene vollmondhelle Nacht kurz nach den Herbstferien zurückversetzt. Trüber Nieselregen lag über der Stadt, ein kleiner Sturm rüttelte an Laternen und Fensterläden und das Böse, das ihm von nun an keinen Frieden mehr lassen sollte, brach zum ersten Mal los.

Emilie saß brav auf der alten Couch im Keller und wartete. Ernst sagte sie, dass sie reden müssten, doch er schob es mit einem lächelnden »Später« beiseite.

Während sie miteinander schliefen, wirkte sie abwesend, und sofort, als er fertig war, streifte sie sich ihr T-Shirt über und setzte sich in die gleiche Position wie als er hereinkam. Tief holte sie Luft, blickte ihn an, dann zu Boden und fragte mit klarer, doch unheimlich leiser Stimme:

»Was empfindest du für mich?« Ihr Mund wirkte dabei komisch verzerrt, die Gesichtszüge ängstlich, doch in ihren Augen lag Erleichterung, die Worte gewagt zu haben. So einfach und vernichtend die Antwort aus Ilhans Sicht war, so unvorbereitet traf ihn die Offenheit ihrer Frage. Was sagt man einem Mädchen, mit dem man gerne schläft, aber für die man niemals etwas empfinden darf? Schon weil eine Beziehung unmöglich ist und man einst eine reine Muslima heiraten soll. Und so schwieg er, versuchte, überlegen zu lächeln, und fühlte sich doch so sehr in dem Moment verloren, dass er daran dachte, einfach aufzustehen und zu gehen. Stattdessen mühte er sich, noch mehr Souveränität in seine suchenden Augen zu pressen. Er nahm ihren Kopf fest in beide Hände und küsste sie. Sie machte mit, wenn auch sachter und nicht so offensiv wie sonst. Erneut erregt griff er nach ihrer linken Brust und sie zog ihren Arm aus dem Weg, um es ihm leichter zu machen. Doch dann fanden sich ihre Augen und in ihrem Blick lag keinerlei Enttäuschung, nicht die übliche Angepasstheit und Leere, sondern Hoffnung und Glück. Noch bevor Ilhan das Ausmaß des Missverständnisses fassen konnte, fragte sie leise: »Liebst du mich?«, und er war kurz davor, ihre Dämlichkeit mit einem höhnischen »Nein« zu strafen, während seine Hand weiter an ihrer Brust spielte. Doch das hätte das Ende ihrer Beziehung bedeutet und so bremste und beherrschte er sich. Ohne eine Antwort abzuwarten, schmiegte sie sich an ihn und Ilhan wurde übel. Er setzte sich aufrechter, drückte sie etwas weg und entzog sich ihrer Nähe. Sie verlor den Halt und rutschte ins tiefe Polster. Unsicher sah sie ihn an und er glaubte in ihren Augen einen verzweifelten Kampf ausgemacht zu haben, das Gefühl der Wärme nicht verlieren zu wollen. Es wäre so leicht gewesen, sie hier und jetzt zu erlösen, einfach Ja zu sagen, ihr kurz etwas vorzumachen und dann schnell abzuhauen. Said hätte das getan. Alle Türkenjungs an seiner alten Schule machten es so, gaben sich nach außen mit ihren deutschen Freundinnen überlegen und cool, aber sobald sie mit ihnen alleine waren, sagten sie »Schatz« und »Ich liebe dich« und logen und logen, ihre Offenherzigkeit möglichst lange zu halten. Die Deutschen taten es ja nicht anders mit ihren eigenen Frauen. Doch Ilhan konnte das nicht. Wieder blickte er in ihre Augen, sah, wie die Hoffnung darin langsam von kalter Enttäuschung ausgezehrt wurde. Er blickte auf ihre blonden Haare, die zerzaust und feucht vor Schweiß an der Kopfhaut klebten, sah auf die vielen kleinen Pickel auf ihrer Stirn und war noch immer nicht imstande, etwas zu sagen. Endlich verstand sie. Er schloss seine Augen, versank kurz in Gedanken, und als er sie wieder öffnete, war die Hoffnung in ihrem Blick endgültig verbrannt und kalt war ihre Stimme, als sie sagte:

»Hier unten, nackt im Keller oder zum Angeben bei deinen Freunden bin ich dir gut genug …« Sie stockte und sagte etwas völlig Unerwartetes, während sie ihn mit gefroren blauen Augen ansah:

»Ich hoffe ehrlich, mein Cousin behandelt deine Schwester besser als du mich.« Ihre Stimme war laut und klar. Diesmal war Ilhan es, der komisch in den Polstern versank, als er sich aufrichten wollte und versuchte, ihren Blick zu halten, während sie zurückwich.

»Ja, ganz recht«, setzte sie locker nach, »die beiden haben ja wohl was am Laufen, schreiben tonnenweise Nachrichten und treffen sich, das ist doch offensichtlich.«

Alexander

Unzählige Male war er schon auf Aysels Profil gewesen. Es gab nur vier Bilder von ihr. Eines zeigte verschleierten Nebel, aus dem sich ein arabischer Text erhob, eines ganz nah die Blüte einer weißen Rose. Auf einem standen viele Mädchen, meist mit Kopftuch, und sie lächelte scheu in der letzten Reihe. Auf einem Foto jedoch sah man ihr schönes Gesicht ganz groß. Mit geweiteten Augen blickte sie in die Kamera ihres ausgestreckten Arms, so wie es unendlich viele Mädchen auf ihren Profilbildern tun.

Es war Vollmond, tiefe Nacht vor einem Schultag, und während ein leichter Herbststurm vor den Fenstern tobte, lag wohlige Einsamkeit über dem heimlichen Moment, in dem er ihre Bilder betrachtete. Doch da lag auch das Gefühl von Scham und Schuld, als wäre er ein peinlicher Voyeur in einer verbotenen Welt. Mit einem Mal geschah etwas Ungeheuerliches. Ein paar wenige Pixel auf dem kleinen Feld ihres Profils wechselten die Farbe in Grün und zeigten, dass sie online war. Noch ehe er einen Gedanken fassen, noch ehe er mit sich selbst kämpfen konnte, sie anzuschreiben, erschienen ihr Bild und zwei Worte in einem Chatfenster:

»`Noch wach?`«

Tausend Gedanken schossen durch seinen Kopf und sein Herz begann zu rasen. Er musste Antworten, etwas Gutes, Lustiges und Kluges, finden. Der Aufmerksamkeit, die sie ihm gewährte, musste eine aufregende und souveräne Vorstellung geboten werden. Doch sein Kopf war schmerzhaft leer und nichts wirkt langweiliger als lange Pausen in einer mühevollen Show.

»`Ja klar ;)`« Er drückte Enter und fand die Antwort sogleich unfassbar albern. Man müsste etwas anfügen, war ihm gleich darauf klar, doch wieder herrschten Panik und Leere in seinem Inneren. Er vergrub den Kopf in seinen Handflächen, versuchte, ruhig zu atmen und zu überlegen. Was sollte das eigentlich? Kurz sah er auf. Ihre neue Antwort blinkte schon auf seinem Rechner und warf ohnehin wieder alles durcheinander.

»`Dann komm zum Schloss!`«, stand da und diesmal reagierte Alex schneller.

»`Jetzt?`«

»`Ja, jetzt! Oder ist dir zu kalt :P?`«

Woher kam auf einmal so ein halbfrecher Smiley? Alles war einfacher, als dieses Mädchen zu verstehen. Die Uhr an seinem Rechner zeigte 01:27, doch was machte das?

»`Gut. Treffen am Eingang zum großen Fass?`«, tippte er jetzt ungewohnt lässig.

»`In Ordnung, dann bis gleich`«, die Pixel schalteten auf Grau, sie war verschwunden und er wieder mit ihren Bildern allein. Noch ein paar Sekunden saß er fassungslos im dunklen Zimmer und starrte ungläubig auf das matte Bildschirmlicht. Dann sprang er auf, schnappte Jacke und Schal, griff in Windeseile Schuhe und Mütze und schlich sich, ohne seine Eltern in ihrem braven Schlaf zu wecken, durch das Treppenhaus nach draußen. Er hatte den längeren Weg und auf keinen Fall wollte er sie warten lassen. Wieder umschloss ihn die kalte Winterluft. Doch diesmal ließ sie ihn nicht frösteln, sondern erfrischte seine aufgewühlte Seele. Auf dem Weg zum Schlossberg hinauf, zwischen den kahlen Bäumen im Wind, den matten Laternen und den prächtigen Schatten der verzierten Kaufmannshäuser ferner Tage, fühlte er sich stark und frei.

Der Eingang zum großen Fass liegt in einer abschüssigen, dunklen Ecke des Schlosshofs, in der man nachts gegen das große, alte Holztor gelehnt verschwinden kann. Wieder wartete er, doch diesmal war es anders. Die zermürbende Wiederholung aus Enttäuschungen und Rückschlägen schien durchbrochen und in ihm wuchs Hoffnung, die große Wand, die Aysel und ihn trennte, zerstören zu können. Er wusste, er bewegte sich noch immer auf fremdem, gefährlichem Terrain, in einer Welt, in die er nicht gehörte. Aber er fühlte sich nicht mehr als unbeholfener Eindringling, der Heiliges befleckt und von niemandem erwünscht ist, sondern als Befreier, der auf Liebe hoffen darf. Vielleicht sogar, und das war seine große Hoffnung, war er die ganze Zeit dieser Befreier gewesen.

Kurz wurde es laut. Aus einem hellen Gebäude am Schlosshof strömte eine Hochzeitsgesellschaft und löste sich auf. Im sicheren Dunkel betrachtete Alex die eleganten, heiteren Menschen, die sich lautstark in Richtung Tor bewegten. Bald stand dort nur noch der Cateringwagen, in den ein paar flinke Damen die Reste des Buffets packten. Ein etwas dicklicher Hochzeitsgast trank oben auf einer verwinkelten Treppe noch einsam aus einer Weinflasche.

Plötzlich hörte Alexander das ruhige Geräusch eines Atems, blickte neben sich und da stand auf einmal Aysel und starrte verloren wie er auf den Hof. Hatte sie sich absichtlich angeschlichen? Hätte er nicht eben noch auf diese Stelle geschaut, würde er sich fragen, ob sie nicht schon die ganze Zeit dort war. Mit ihrem heimlichen Auftritt schlich sich auch wieder das erdrückende Gefühl der Verlorenheit und Lähmung ein, das ihn jedes Mal überkam, wenn er sich ihr näherte. Und dieses Mal fühlte er sich verlorener als je zuvor. Aysel sagte noch immer nichts und ihr Schweigen erschien ihm wie ein stummer Sog, in dem all sein Mut, all seine Hoffnungen schwanden. Wie ein rettender Ast wurde ein Satz in sein Bewusstsein gespült und er griff schnell nach ihm.

»Ich bin froh, dass du gekommen bist.« Erst da bemerkte er, dass sie kein Kopftuch trug. Sie blickte ihn geradewegs an und Alex verlor sich für Sekunden in ihren dunklen Augen, in denen gleichzeitig tiefste Ruhe und wilder Tumult zu sehen war. Dann sah er, dass ihr Mund ein wenig lächelte. Es war ein unsicheres Lächeln, als wüsste sie nicht sicher, ob Freude hier ein zulässiges Gefühl ist. Doch wenn ihre Regung auch noch so klein war, so war sie doch da und das Schwierigste bei der Entzündung eines jeden Feuers ist der erste Funke. Mag er auch noch so schwach, verwundbar und zweifelnd sein, er ist der Ursprung alles Großen, das uns wärmt und erfüllt.

Er schlug vor, auf die Plattform vor dem Schloss zu gehen, und sie nickte sacht. Unter ihnen erstreckten sich die vertrauten Lichter der Altstadt, der Neckar schlängelte sich durch das in Schwarz gehüllte Tal. Über all den dunklen Dächern und Giebeln, den leisen Stimmen und den fast sanften Motorengeräuschen meinte man, etwas wie Frieden zu spüren.

Er trat einen Schritt auf sie zu und mit einem Mal begann sie zu sprechen.

»Ich weiß selbst nicht, warum ich hier hochgekommen bin, Alex. Ich weiß, ich habe dich gefragt. Aber irgendwie fühle ich mich, als hättest du mich schon die ganze Zeit gedrängt, das zu tun. So habe ich mich zumindest eben gefühlt, als ich aus meinem Zimmer, aus der Wohnung meiner Familie geschlichen bin. Ängstlich, auf Zehenspitzen bin ich durch das enge Treppenhaus gegangen, stets darauf bedacht, nicht das geringste Geräusch zu erzeugen, und stets in panischer Angst, einem meiner Brüder zu begegnen. Sei es Yasin, der vom Gebet, oder Ilhan, der wahrscheinlich von irgendwelchen Mädels kommt und die mich beide gleichermaßen für meine Anwesenheit auf der Straße beschimpfen und verachten würden.« Sie blickte ihn geradewegs an, doch Alex entdeckte keine Regung in ihren Augen.

»Eine Angst, die mich den ganzen Weg hierher begleitet hat und die nachher, wenn wir uns trennen und ich alleine nach Hause laufe, unvermindert wiederkommen, die mit jedem Schritt näher zu unserer Wohnung wachsen wird. Und auch viel später in meinem sicheren Bett wird sie meine Seele hin und her werfen. Was willst du, Alex?«

Sie hatte ruhig gesprochen, wie ein kluges Kind, das sich längst mit seinem Leiden abgefunden hat und scheinbar gelassen mit den Eltern spricht, um sie nicht noch ängstlicher zu machen. Doch obwohl ihre Stimme so sanft, obwohl dieser Ort so einsam und friedlich war, klangen die Worte schmerzhaft in Alex' Ohren. Er versuchte nachzudenken, die Situation klar zu erfassen, aber das einzige Bild, das sich auf die Oberfläche seines Bewusstseins schob, war eine karge, weiße Wand zwischen ihr und ihm. Für lange Sekunden sah er nur diese Wand und all seine Gedanken schienen an ihr zu zerschellen. Er wusste nicht weiter, am wenigsten, was er sagen sollte. Wieder verlor er sich im Inneren ihrer Augen, in seinem Kopf drehte sich alles, aber zu seiner eigenen Überraschung begann er zu sprechen.

»Muss ich denn so konkret etwas wollen? Ist das bei euch so? Reicht es nicht, dass ich dir gerne schreibe, dass ich es toll finde, mit dir zu reden und es liebe, Zeit mit dir zu verbringen?« Er hatte sich wieder gefunden, war wieder auf Kurs, doch noch lange nicht ruhig geworden. Es ging nicht mehr nur um sie, ihn, nicht mehr nur um das, was zaghaft zwischen ihnen entstand. Es ging um nichts Geringeres, als dass ein Junge ein Mädchen lieben darf, ganz egal, für wie unwürdig er in ihrer Welt erachtet wird. Die Ohnmacht fand ein Ventil und er wurde lauter und schneller, als er sprach.

»Was ist so verboten daran, dass wir hier stehen, während Yasin beim Beten und Ilhan mit Mädels unterwegs ist? Was stört das uns – und vor allem, was stört dich so abgrundtief an meiner Zuneigung?« In der Tiefe ihrer Augen bewegte sich etwas, schien es zu stürmen, dann kehrte wieder Ruhe ein, die noch beherrschter wirkte als zuvor. Abrupt wandte sie sich ab und ging Richtung Schlosshof.

Er blieb zurück, starrte in ihre schwarzen, flatternden Haare, die im Schlosstor verschwanden, und fühlte sich erbärmlich und leer. Er spürte die Kälte an seinen Handgelenken, die aus den Hosentaschen hervorlugten, fühlte den Wind in seinen Haaren und fragte sich ein paar Herzschläge lang, ob ihm eine Träne über die Wange lief oder ob es die bloße Kälte war, die er dort spürte. Endlich hastete er hinter ihr her, rannte in den dunklen Schatten des Tores, wieder hinaus in den Lichtkegel des Hofes, machte dort eine Person aus, stürzte auf sie zu, schrie: »Aysel, versteh mich doch«, und war kurz davor, sie zu packen, zu schütteln und anzuschreien. Nie mehr würde er damit aufhören, bis sie endlich in seine, in die normale Welt finden würde. Sie wich zurück, doch er war schneller, starrte in ein Gesicht und da erst erkannte er, dass er vor dem letzten Hochzeitsbesucher stand, der einsam und betrunken über den leeren Hof torkelte. Der lächelte dümmlich und doch verschmitzt, machte eine belehrende Bewegung mit seinem linken Zeigefinger. Dann stieß er kurz auf, streckte den Arm weit von sich und zeigte in die Ecke zu dem Holztor, vor dem sie eben gestanden hatten. Ohne ihn weiter zu beachten, rannte Alex weiter. Wirklich, da stand sie, bewegungslos gegen das Holz gelehnt, und schaute ihn an. Er bremste seinen Lauf und kam wieder einen Meter vor ihr zum Stehen. Für einen Moment fragte er sich, ob er ihr jemals nähergekommen war.

»Alex, du verstehst einfach nichts von mir und meiner Welt, du verstehst nichts von Haram, nichts von Ehre, verstehst nicht, was sie für mich bedeutet, was sie für meine Familie bedeutet. Das ist kein leeres Wort. Du hast es in meinen Nachrichten nicht verstanden und wirst es wohl nie verstehen. Es ist einfach nicht richtig, dass ich mich mit dir treffe, weil ich nicht so leben will wie viele Mädchen in euren Clubs.« Ihre Stimme war, während sie sprach, immer lauter geworden, bis sie den gesamten gespenstischen Innenhof erfüllte. Ihm war, als würde sie in den engen Mauern immer neue Echos werfen und als würden diese Echos immer greller werden. Auch in ihren Augen lag keine Ruhe mehr. Sie spiegelten ihre Gedanken und Gefühle, die kein Gleichgewicht zu finden schienen. Er wollte etwas sagen, wollte das Gute, ihm Gewogene in ihr unterstützen, wollte allem Schlimmen, was sie sagte, Einhalt gebieten. Doch er fand keinen Ansatz. Sie schien das zu spüren und hob kurz die Hand, um jeden Versuch einer Einmischung aufzuhalten.

»Mein Leben und meine Liebe sollen etwas Besonderes, etwas Auserwähltes sein«, sagte sie langsam und viel ruhiger als alles zuvor, sodass es fast weise klang. So als könnte sie schon heute auf ihr Leben und jede Liebe darin zurückblicken und zufrieden entscheiden, wie gut und richtig alles war. So als hätte sie die reine Wahrheit und als wäre alles andere nichts als eine unterhaltsame Exkursion in eine schillernde Falschheit. Ihre Augen hatten wieder zu innerem Frieden gefunden. Alex glaubte zu sehen, wie sich ihre Seele und alles Leben aus ihnen zurückzogen, um einer großen Leere Platz zu machen. Vielleicht nur um überhaupt etwas zu sagen, murmelte er ein leises: »Na, dann ist ja gut«, und wusste selbst nicht, ob er mit dieser Reaktion zufrieden war. Er duckte sich etwas, drehte sich um, als wäre nichts passiert, und ging langsam los. Er wollte nur weg von dem stummen Holztor, weg von ihren Worten und all der Einsamkeit, die in ihnen lag. Schritt für Schritt ging er hinaus aus dem Schatten dieser dunklen Ecke. Schon war er im hellen Hof, beschleunigte seinen Gang und atmete tief ein. Doch es war nicht Frische, die seine Seele mit der kalten Luft durchflutete, sondern die gleiche Leere und die alte Trauer, die er in den vergangenen Wochen oft genug verspürt hatte. Diesmal aber packte ihn die Verzweiflung fester. Ja, jetzt war es real und endgültig. Er würde die naive Hoffnung, dass dieses schöne Mädchen einmal zu seinem Leben gehörte, in dieser Nacht zu Grabe tragen müssen. Noch einmal dachte er an ihre Locken, noch einmal tauchten ihre Augen vor seinem schwankend unscharfen Bewusstsein auf und ein Stich durchfuhr seine Brust. Er sah sich kurz um, erblickte nur den dunklen Schatten des Tores und darin umrissen eine schwarze Gestalt und schrie in den Wind hinein.

»Ich glaube dir kein Wort.« Diesmal war es klar: Es war eine Träne auf seiner Wange, doch das war nun egal. Hauptsache fort von hier. Er lief vorbei an dem einsamen Trinker, der trübe dreinblickend auf einem Treppenabsatz saß, vorbei an Lichtern, Mauern und Schatten und immer weiter in Richtung Tor, das zu den verstreuten Bäumen vor dem Schloss führte. Immer näher kam er dieser dunklen Pforte, immer ferner schien ihm das Mädchen, das irgendwo hinter ihm stehen mochte. Er glaubte, einen Aufschrei gehört zu haben, beschloss aber, ihn zu ignorieren. Einbildung oder nicht, darauf kam es jetzt auch nicht mehr an.

Doch plötzlich, direkt vor einem einzelnen Mauerabschnitt, stand Aysel wieder vor ihm. Sie musste gerannt sein, um den Vorsprung seiner schnellen Schritte so rasch eingeholt zu haben, aber ihr Atem war ruhig wie zuvor. Der Wind durchflatterte ihre schwarzen Locken und nun endlich fanden ihre

Augen im Schweigen zueinander. Mit einem Mal schien alles verschwunden, das Schloss, die Stadt und alles Sonstige. Mit einem Mal gab es nur noch sie und ihn und sie allein bildeten eine ganze Welt. Selbst das Rauschen des Windes ließ nach und sie fühlten sich ruhig und in ihrer Zweisamkeit geborgen. Sie waren unendlich vertraut miteinander und es war klar, dass diese Vertrautheit nicht neu sein konnte, sondern schon zuvor da gewesen sein musste. Als wäre sie blockiert, betäubt und unkenntlich gemacht worden, weil sich beide Seiten vor den Folgen ihres Daseins fürchteten.

Alex denkt heute oft an diesen Moment. Doch so sehr er sich auch versucht zu erinnern, so sehr er in seinem Gedächtnis bohrt, er vermag nicht genau zu sagen, was in den nächsten Augenblicken geschah. Manchmal glaubt er, dass sie beide es gleichzeitig waren, die sich bezaubert vom Glanz im Auge des anderen nach vorne beugten, sich leicht umarmten, die Augen langsam schlossen und sich erst ungeheuer zaghaft, doch dann immer freier und fordernder küssten. Dass ihre Umarmung immer fester wurde, sie sich geborgen aneinander drückten, um sich dann tiefer und tiefer in den Empfindungen ihrer Küsse zu verlieren. Dann gibt es Momente, in denen Alex fest davon überzeugt ist, dass es sich ganz anders zugetragen hat. Dass er es war, der langsam und sacht den

Schritt nach vorn wagte und sie ihn nur ruhig gewähren ließ. Dass ihre Augen in dem Moment zwar Überraschung zeigten, ihn jedoch zugleich zu tadeln schienen, dass er all das nicht schon viel früher getan habe. Zart nimmt er ihr Gesicht in die Hände, zieht es an sich und gleich in der ersten Sekunde küssen sie sich mit einer Leidenschaft, als würden sie sich schon immer heimlich lieben. Doch es gibt noch eine dritte Version, die ab und an auf dem Bildschirm seines Bewusstseins aufflackert, meist in ganz sonderbaren Momenten der Einsamkeit und Stille, in denen alles Äußere ruhig ist, er jedoch zutiefst aufgewühlt mit seinem Schicksal hadert. Und dann gibt es keinen Zweifel, dass es genau so gewesen sein muss. Auf den Bildern, die die Erinnerung tragen, sieht er sich zuerst allein. Langsam wurde er schwach und verlor den Mut. Er sieht sich selbst die Augen senken, die Hände in den Taschen vergraben und die Arme zu einer unnatürlichen Gespanntheit strecken. Nun war sie da, die Situation, für die er lange und hart gekämpft hatte, und das Einzige, was er zu empfinden imstande war, war Überforderung. Er wich zurück, um den kleinen Flugversuch ihrer Seelen zu einer sanften Landung bringen. Doch sie beugte sich vor, umfasste mit ihren Händen seine Oberarme und hielt ihn fest. Ruhig streichelte ihre linke Hand über seinen Hals, ihr Zeigefinger legte sich auf seinen Mund und bedeutete ihm damit zu schweigen. Kurz sieht man seine verdutzten Augen, dann wieder die Totale. Aysel legte beide Hände bestimmt um seinen Hinterkopf, um ihn vorsichtig an sich zu ziehen. In diesem Splitter seiner Erinnerung küssten sie sich am längsten, am freiesten, und jedes Mal, wenn ihn diese Bilder heimsuchen und er den finalen Augenblick des Kusses vor sich sieht, wird ihm warm und sein Herz spürt neuen Mut, den man braucht, wenn man auf der Flucht ist und gehasst wird. Was immer er bis zu diesem Augenblick an Niedergeschlagenheit und Ablehnung erlitten hat, war zu mikroskopischer Unbedeutendheit geschrumpft. Erst küssten sie sich zaghaft mit ihren Lippen, hatten die Augen geschlossen und vergruben die Hände in den flauschigen Jacken im Rücken des anderen. Langsam berührten sich dann ihre Zungen und im Zauber dieses Augenblicks wusste Alex, dass er das Richtige getan hatte und nichts bereuen würde. Selbst wenn nun alles Übel dieser Welt über sie hereinbrechen sollte.

Langsam lösten sich ihre Lippen. Bedächtig trat sie zurück, streichelte ihm noch einmal versunken über die Wange, lächelte in seine verlorenen Augen, drehte sich um und war im Tor verschwunden. Auf vielen Wegen irrte er noch durch die Lichter der schlafenden Stadt. Nie frierend, nie rastend und in jeder Sekunde durchflutet von Glück.

Ilhan

Er hatte es weggelächelt und war gegangen. Emilie schlief mit ihm, war immer nett, deswegen würde er ihr nicht auf Dauer böse sein. Aber so musste er nicht mit sich reden lassen, schon gar nicht musste er seine Schwester beleidigen lassen. Als er durch den nun leichteren Sturm nach Hause lief, lächelte er zwar nicht mehr siegessicher, fühlte sich aber auch nicht schlecht.

Bald legte er sich ruhig zu Bett. Doch dann, als er Yasins Atem in dem dunklen leisen Zimmer hörte und seine Seele vollkommen alleine war, wuchs eine ungeheure Furcht in ihm. Was, wenn seine Zwillingsschwester wirklich die ganze Zeit eine Affäre hatte? Was, wenn ihr folgsames Lächeln, ihre treuen Augen und das liebe Gesicht, wenn das alles nicht echt war und sich Abscheuliches darunter verbarg? Der Gedanke stockte. War das nicht das metallene Geräusch der Haustür? Seine Augen öffneten und schlossen sich und fest zerknüllte seine Hand das warme Laken. Waren das nicht leise, gedämpfte Schritte im Flur? Er hielt den Atem an, konzentrierte sich nur auf sein Gehör und kam sich mit einem Mal unheimlich schwach vor. War da nicht wieder was? Erklang da nicht das rasche Schließen ihrer Zimmertür? Fast fürchtete er, verrückt zu werden, und ihm war, als wäre da kein Blut mehr in seinen Adern, als würde sein Herz ins Leere schlagen. Was, wenn sie heimlich Affären hatte? Wirklich mit Alexander, mit Volkan, dem modernen Türken, der sie ohnehin die ganze Zeit anlächelte? Wieder fühlte er sein Herz ins Leere schlagen. Was, wenn Aysel ihm winzige Scherben in sein Essen gemischt hatte? Mikroskopische Stückchen, die ihn langsam innerlich aufschlitzten? Erst die Speiseröhre, dann den Magen und den Darm und nun blutete es überall hinein. Dort gibt es keine Nerven. Man spürt nichts und blutet hilflos aus, gerade nachts im vermeintlich sicheren Schlaf. Er versuchte, seinen Puls am Hals zu spüren, doch er nahm nur ein schwaches, unrhythmisches Zucken wahr. Auf seiner viel zu warmen Stirn spürte er nassen Schweiß und ihm wurde schwindlig. Er wollte ruhig atmen und nicht in Panik verfallen. Doch um zu überleben, musste er schnell sein. Rasch schlug er die Decke beiseite, drehte sich aus dem Bett, stellte sich auf und erwartete, dass sein blutleerer Organismus zusammenbrach. Aber doch, er konnte laufen. Sein Körper schien alle restlichen Blutreserven zu bündeln. Schnell schritt er auf die Zimmertür zu, trat ungünstig gegen eine von Yasins Hanteln und biss sich auf die Zähne, um den Schmerz zu betäuben. Endlich fand er den Lichtschalter, schlug heftig mit der flachen Hand dagegen.

»Hilfe«, war das erste panische Wort, das er fand, und er schrie auf. Yasins kleine Augen blickten ihn verstört an.

»Hast du wieder getrunken?«, fragte er genervt. »Mach das Licht aus, ich muss bald beten und will dazu ausgeruht und ohne Zorn sein.« Er machte Anstalten, sich wieder wegzudrehen. Leiser wiederholte Ilhan nur das eine Wort.

»Hilfe.«

Erst als sie beide auf ihren Betten saßen und Ilhan die ganze Geschichte erzählt hatte, erst als er Yasins erschüttertes Gesicht gesehen und darin seinen eigenen Schock gespiegelt fand, wurde Ilhan klar, dass es keine richtigen Scherben waren, die er geschluckt hatte. Auch wenn er sich noch immer ausgeblutet fühlte.

»Wir müssen mit Anne reden«, sagte Yasin irgendwann. »Sie ist die Einzige, die über so etwas mit Aysel sprechen kann. Wir wollen erst einmal wissen, was stimmt. So eine Schlampe kann ja sonst was erzählen.« Ilhan wusste nicht, ob das eine blöde Anspielung war, er ignorierte es und lächelte seinen Bruder an.

»Und Baba halten wir da raus«, meinte Yasin nachdenklich. Ohne ein weiteres Wort zu verlieren, stand er auf, löschte das Licht und ließ Ilhan erneut in der Dunkelheit zurück.

Alexander

Irgendwann in dieser Zeit musste das Gespräch mit ihrer Mutter gewesen sein. Am Anfang, als Aysel davon zu erzählen begann, klang ihre Stimme fast belustigt, doch in ihren Augen lagen Trauer und Schmerz. Sie kam von der Schule und Anne saß in der Küche, wie beiläufig bat sie Aysel herein. Auf dem Tisch standen bereits frisches, noch warmes Gebäck und heißer Tee. Doch dieses Mal lag keine Ruhe in dem vertrauten Geruch. Zu unsicher und doch entschlossen strahlte der Blick der Mutter, wie ein Befehl hieß sie Aysel, sich zu setzen, während sie die Tür langsam schloss.

»Mir ist da etwas zu Ohren gekommen«, Aysel hatte die Worte albern in die Länge gezogen, als sie den eröffnenden Satz nachgeäfft hatte.

»Es gibt da einen Jungen, der schon oft in deiner Nähe gesehen wurde. Die Leute erzählen zweideutige Dinge über meine Tochter«, hatte sie ihre Mutter weiter imitiert, doch jede Albernheit war verflogen und es war, als hätte sie etwas zurück in diesen Moment gezogen. Als säße sie wieder vor der Mutter und als hätte sie endlich eine Chance erspäht, sie doch noch zu überzeugen. Wie in Trance erzählte sie weiter:

»Ich will, dass du diesem Jungen klarmachst, dass wir anders sind. Er kann sich nicht einfach mit dir treffen wie mit einem deutschen Mädchen. Ich vertraue dir und weiß, dass du schlau bist und du niemals etwas tun würdest, was deine Familie in Schande bringen könnte, aber du weißt ja: Feuer und Schießpulver sollten nicht nebeneinander stehen – atesle barut yan yana durmaz. Er ist nun mal ein deli kanli – ein junger Mann mit wildem Blut in sich. Furchtlos, unbeherrscht und stolz mag er seine Gefühle dir gegenüber zeigen, aber sie sind nur vorübergehend. Bitte lass dich von ihm nicht beeinflussen und brich den Kontakt mit ihm ab.«

Aysels Blick senkte sich, als würde ihr nun schlagartig klar, dass diese zweite Chance nicht kommen wird. Nicht in diesem Gespräch, nicht in diesem verlorenen Kampf, nein, überhaupt niemals würde sie je da sein. Fast verzweifelt sprach sie weiter.

»Schon damals, nach diesen Worten meiner Mutter, hätte ich aufspringen und mich dagegen wehren und es nicht einfach auf mir sitzen lassen sollen. Vielleicht wäre dann das alles, dieser Krieg gegen die Menschen, die ich am meisten liebe, nicht nötig gewesen. Ich hätte wenigstens einmal offen mit meiner Familie sprechen können«.

Noch weiter hatte sich ihr Blick gesenkt und sie starrte auf den dunklen Teppich, als hoffte sie, in ihm eine Antwort zu finden. Während Alexander vorsichtig überlegte, wie er etwas Beruhigendes passend formulieren könnte, sprudelte es aus ihm heraus:

»Ganz egal, was du damals in diesem Moment gesagt hättest, Aysel, es musste so kommen, wie es nun ist. Irgendwann wirst du es erklären können. Da bin ich ganz sicher. Irgendwann wirst du es erklären und sie wird dich verstehen.«

Ilhan

Kleinlaut, fast gekränkt hatte Anne von dem Gespräch erzählt. Nichts hätte Aysel geleugnet, hätte sich nicht entrüstet über den Vorwurf, allenfalls über die Frage gezeigt. Wie eine steinerne Mauer wäre ihr Gesicht gewesen, und Ilhan ersann die düstersten Fantasien, welche Geheimnisse diese Mauer verbarg. Rastlos ging er in seinem kleinen Zimmer auf und ab. Seine Seele tobte, wirbelte und drehte sich, suchte einen Halt, doch in keinem Gedanken, keiner Handlung und in keinem Traum schien Frieden zu liegen.

Aysel war nach der Schule gleich in ihr Zimmer verschwunden und seitdem nicht wieder aufgetaucht. Nun war es vier, und wieder und wieder stellte er sich vor, zu ihr zu stürzen, sie so lange anzubrüllen, zu bedrängen, bis sie ihm alles offenbart und ihm bei Gott, bei Baba, Anne und allem, was für sie noch von geringstem Wert war, geschworen hätte, dass nichts mehr passieren würde. Hatte Emilie nicht etwas von Nachrichten gesagt? Am liebsten hätte er Aysel gezwungen, sich in alle Netzwerke einzuloggen, sodass er ihre Nachrichten, den unverfälschten Weg zur Wahrheit in ihrem Leben, lesen könnte. Dann wieder verspürte er Erleichterung bei dem Gedanken, ihr weinend zu gestehen, was sie und ihr Verhalten für ihn bedeuteten, dass sie ihn versteht, alles einsieht und ihm reumütig ihre Nachrichten zeigt. Müde setzte er sich auf sein Bett und versuchte, einen klaren Gedanken zu fassen. Doch wieder wurde er von Unruhe, von Panik und Wut übermannt. Hastig sprang er auf, schnappte seine Jacke, etwas Geld, da hörte er die Schritte Yasins im Flur. In seiner Verzweiflung und Leere klangen sie unendlich vertraut. Als er eintrat, suchte Ilhan nach Worten, fand nur die alte, schwindelerregende Aufgewühltheit und blickte in Yasins Gesicht. Der schien nicht weniger aufgebracht, aber auf eine abgeklärtere, ja schicksalsergebene Weise. Als hätte er von einem furchtbaren Los erfahren, gegen das man nichts tun, das man nur akzeptieren kann, und als läge in diesem Akzeptieren die Tugend allen Seins. Was Ilhan auch gesagt hätte, es hätte nur zu unbestimmten Antworten geführt, die allesamt ins Belehrende abdriften. Als wäre er ein Kind, dem man liebevoll geduldig ewig geltende Wahrheiten nennt, auf dessen Erwiderungen man aber nicht einzugehen braucht. Und auf einmal störte ihn Yasins starrer Blick, störte ihn, wie selbst die größten Katastrophen einfach an seinem Herzen vorbeiflossen.

Er sprang auf, verabschiedete sich hastig, war schon auf der Straße und der Herbstwind kühlte seine aufgewühlte Seele. Wieder fühlte er sich einsam, doch es war nicht daran zu denken, zu Said und den anderen Jungs zu gehen. Das war kein Zufluchtsort, wenn man verletzt war. Dort musste man aufrecht stehen und sich im Schwall aus Stolz und Gehabe behaupten. Stattdessen zog es ihn zum Neckar. Es wurde dunkel und der Strom floss träge im tiefen Schwarz dahin. Im Meer der Lichter, die ihn umgaben, schien er das einzig Natürliche und Frieden gebende. Ilhan wurde ruhig genug, um wieder Hunger zu verspüren. Er konnte sich nicht erinnern, an diesem Tag schon etwas gegessen zu haben. In einem tristen Dönerladen begann er, vorsichtig etwas zu sich zu nehmen. Auch auf sein Handy hatte er seit Stunden nicht geschaut. Nun zeigte es einen Anruf einer unbekannten Nummer und eine Nachricht von Said.

»Hey, du Opfer, wo treibst du dich rum?«

Ilhan zuckte zusammen, als hätte er einen furchtbaren Stromschlag erhalten. Schnell drückte er die Nachricht weg, setzte mechanisch die Tastensperre ein und ließ das Gerät tief in der Jacke verschwinden. Wieder krampfte sich sein Magen zusammen. Konnten sie schon davon wissen? Jetzt schon? Wie hatten sie es erfahren und wann? Energisch durchforstete er seine Erinnerungen. Jeder Blick und jedes Lächeln, jede verschobene Stimmlage, jeder allzu flüchtig geäußerte Gruß wurden hektisch zu einem großen Bild zusammengesetzt. Sein Hirn arbeitete fieberhaft und sein Bewusstsein wartete zusammengekauert auf die Auswertung, während es von Zwischenstimmungen hin- und hergerissen wurde. Doch alles geriet durcheinander, Zeiten, Orte, Gefühle, ja selbst Personen, die etwas gesagt oder getan hatten. Manchmal sah er Said vor sich, im selben Moment verschwamm sein Gesicht jedoch zu dem von Alex, zu dem von Aysel, während die Person denselben Satz sprach. Er schloss die Augen. Sein Magen revoltierte noch immer, doch nun spürte er dazu einen furchtbar spitzen Schmerz in seiner Brust, wie nach einem langen Lauf mit Seitenstechen. Als hätte man es erst versucht zu ignorieren, um dann doch von den Schmerzen überwältig stehen zu bleiben. Kurz kamen ihm wieder die kleinen Scherben in den Sinn, die den Magen von innen durchstechen, und panisch blickte er auf die Reste seines Essens. Doch da glitzerte nichts Verdächtiges.

Er stand auf, schon hatte er die Tür in der Hand, schon war er draußen und schlug irgendeine Richtung ein. Die Häuser zogen vorbei, die Laternenlichter funkelten auf dem nassen Beton, spiegelten sich in kleinen Eiskristallen, und da war wieder das beruhigende Rauschen des Flusses. Hoffentlich würde es bleiben. Gedämpft, doch immer lauter hörte er Rufe, dann Schritte hinter sich. Waren sie das? Kamen sie, um ihn zu verlachen und zu verstoßen? Eine schwere Hand legte sich auf seine Schulter. Er fuhr herum und wusste nicht einmal, ob er sich wehren würde. Erst sah er das alte, bärtige Gesicht, dann die weiße Schürze. Es war der Dönerverkäufer, der sein Geld wollte. Ilhan zahlte, lehnte sich gegen eine dunkle, alte Hauswand, sank langsam in die Knie, stützte seine Arme gegen die Beine und vergrub das Gesicht in seinen viel zu kleinen Händen. Erst begann er leise zu schluchzen, um dann immer bitterlicher zu weinen. Wie konnte sie das tun? Wie konnte sie ihn, sich selbst und ihre ganze Familie auf Ewigkeit beflecken?

Sehr viel später, fast wie in einer anderen Welt, kam er zu Hause an. Er legte sich ins Bett, schlief erschöpft ein, wachte jedoch schnell wieder auf und lag einsam in der finsteren Nacht. Auch wenn ihn noch immer furchtbare Bilder verfolgten, erschien sein Kopf klarer und er hatte eine Idee. Leise schlich er an den gemeinsamen Rechner der Familie im Flur, Aysels einzige Möglichkeit, das Internet zu nutzen, und installierte einen Key Logger. Wenn sie sich das nächste Mal einloggen würde, wäre es so weit. Er hätte ihr Passwort, den Zugang zu all ihren Nachrichten und zur Wahrheit in ihrem Leben.

Alexander

Wie lange eine Erinnerung in unserem Bewusstsein glüht, kann sehr unterschiedlich sein. Es hängt ab von der Intensität, wie sie sich in unsere Herzen brennt, dem Schutz, den wir ihrer Wärme gewähren, und allem Äußeren, das sie stützt oder verwischt. Es war klar, Alex durfte nicht in ihrer Nähe sein, nicht mit ihr sprechen, und jeder noch so kleine Blick hätte einen bösen Verdacht erregen und schlimmen Ärger bedeuten können. Doch sie war da, er war da, und das allein ließ die Erinnerung immer und immer wieder in ihm aufblitzen und versetzte ihn zurück in den verzauberten Moment ihrer Berührung. Wenn sie in einem weiten Gang aneinander vorbeiliefen, pulsierte sein schneller Herzschlag fröhliche Erregung bis in die letzten Fasern seines Körpers. Wenn sie sich im Unterricht meldete, hoffte er inständig, dass sie drankam, und in den kurzen Augenblicken, in denen sie etwas sagte, sah er stumm auf das verkritzelte Holz seines Tisches und zerfloss im ruhigen Glanz ihrer Stimme. Und über all dem gab es eben doch die flüchtigen Momente, in denen sich ihre Blicke trafen und im Stummen zueinander fanden. Sie trafen sich durch eine schweigende Klasse, die über Matheaufgaben brütete, durch tollende Unterstufenschüler, die sich mit Schneebällen bekriegten, oder durch eine Gruppe streng gebundener Kopftücher, die langsam und bedächtig durch die Kälte schlenderten. Für Sekundenbruchteile verhakten sich ihre Augen ineinander, um dann weiterzuziehen und so zu tun, als sei nichts gewesen.

Ilhan

Die nie enden wollenden Lichter der Städte werfen gespenstische Schatten in den dunklen Bahnwaggon. Langsam bringen sie Ilhan zum Eindösen, wenn der Zug in einen der vielen Bahnhöfe einrollt und quietschend sein Tempo drosselt. Ruhig sackt er dann in die Tiefe der dunklen Sitze und blickt hinaus auf die vereinzelten müden Menschen auf den Bahnsteigen. Auf keinen Fall will er gesehen und in Erinnerung behalten werden. Wieder kommen die Maschinen zum Stehen, doch vor dem Fenster zeigt sich nur der mit buntem Graffiti bemalte Stahl eines Güterwaggons. Ein warmes Grün und ein knalliges Violett reflektieren das matte Licht und Ilhan braucht eine Weile, bis er eine große Blume erkennt, auf deren fransiger Blüte eine schwarze Fliege sitzt. Er sieht, wie ihre Beine im flauschigen Violett versinken, und fast zeitgleich bricht ein Gefühl von Stolz und eine tiefe, schamvolle Bedrückung in ihm auf.

Sein Bewusstsein wirft ihn wieder auf die alte Couch in dem ranzigen Jugendkeller, irgendwann in den ersten Herbsttagen. Er drückt sich noch tiefer in das harte Sitzpolster, streckt die Beine weit von sich und verschränkt seine Arme schützend voreinander.

In seiner Erinnerung saß er wieder neben Emilie und doch unendlich allein. Da wusste er wieder nichts über diese Welt, außer, dass er kein Verlierer sein wollte und dass dieses Mädchen neben ihm eine Schlampe war. Wenige Zentimeter auf der Couch waren es, die sie trennten. Er wusste, dass er diese Zentimeter würde überwinden müssen, dass dies nun von ihm erwartet wurde. Nicht nur von ihr, auch von Said, seinen neuen Freunden, am meisten von sich selbst. Sollte in diesem Moment nichts geschehen, das war klar, würde er sich ewig entsetzlich fühlen. Und trotzdem zögerte er, fand er nicht die Kraft, die einfachsten Dinge zu tun. Er schielte nur hilflos zu ihr, wie sie dumm und gebannt auf den Bildschirm starrte. Es kam ihm vor, als würde er sich immer wieder leicht nach vorne beugen und als ließe er sich jedes Mal nach Sekundenbruchteilen fluchtartig zurückfallen. Er fürchtete ihre Zurückweisung und zugleich fürchtete er, dass sie mitmachte. Was, wenn sie ihn nach unten drückte und die Kontrolle übernahm? Was, wenn sie ihm zeigt, dass sie genau weiß, was jetzt passieren muss, wie er zu funktionieren hat, und dass sie ihn mit jedem der Hengste vergleicht, die einmal etwas mit ihr hatten. Das strahlende Lächeln von Said kam ihm wieder hoch. Dieses furchtbare Grinsen, das jedem klarmachte, dass er nie verlor, keine Schwächen, keine Ängste kannte. Und Ilhan selbst war nur Schwäche, war nur tiefe Furcht, kein Mann zu sein, sondern ein Schwächling, unfähig, sich in dieser Welt zu bedienen. Stumm blickte er auf den Fernseher, taub hörte er die Stimmen und überdeutlich sah er nun nicht mehr Said vor seinem imaginären Auge, sondern sie, wie sie an seiner Hose rumnestelte. Ihr einfältiger Blick zwischen seine Beine gerichtet, wo diese erwartungsvollen Augen alles verhindern würden. Er spürte seine Adern verkrampfen und wusste, dass die Furcht tief in ihm selbst nichts anderes zulassen würde, außer dem klar vorhersehbaren Versagen. Dann dachte er an seine Schwester, an die vielen Gespräche mit seinem Bruder und daran, dass auch er selbst ein guter Muslim war. Der Gedanke, dass er eine Tiefe im Glauben besaß, die Said nie erreichen würde, vertrieb etwas von dem bösen Gefühl, und in der Schlacht um seine geschundene Seele gewann das Gute die Oberhand. Und da roch er zum ersten Mal wieder ihren billigen, einladenden Geruch. Er blickte sie geradewegs an, sah, wie sie noch immer brav mit zu seiner Seite hin überschlagenen Beinen neben ihm saß, und spürte ihre Weiblichkeit. Ja, er brauchte sie sich nur zu nehmen. Endlich durchströmte ein kräftiger Schuss Männlichkeit seinen jungen Körper und seine Gliedmaßen strafften sich. Ohne jegliche Vorwarnung drehte er sich zu ihr, nahm ihren Kopf stark in beide Hände und küsste sie fordernd und fest. Gleich darauf ließ er seine Hand auf ihre linke Brust sinken.

Die violette Blüte ist längst vorbeigezogen. Doch die Bilder, die Erregung und die Beklemmung, die sie hervorgerufen hatte, blieben. Erregung vermag für kurze Zeit so viel mächtiger zu sein als die stärkste Scham, als der festeste Vorsatz und als die tiefste Moral. Sie kann alles überspülen und vergessen machen. Es war sehr schnell gegangen, doch er hatte stets an die Worte Saids gedacht, ihr Wärme und Stärke zu geben. Er hatte versucht, nicht so mechanisch wie in den Pornos zu sein, sondern mehr zu umarmen, sie dazwischen zu küssen und zu lächeln, auch wenn ihm nicht danach war. Vieles, ja fast alles tat sie von selbst und während er es genoss, fragte er sich, wie ein Mädchen so ehrlos, wie eine Kultur so unachtsam und verkommen sein konnte. Seltsamerweise gaben ihm gerade diese Gedanken Stärke und Kraft. Er fühlte sich ermutigt in seiner Eroberung, als Held in einem einfachen Sieg, der nur loszustürmen brauchte. Und wenn es sich auch längst nicht so toll anfühlte wie in Benjamins und Saids Erzählungen, so war es doch geschehen, so war er doch weit mehr Mann als Stunden zuvor, als er zittrig diesen Keller betrat. Auch sie lächelte noch immer, als wäre sie wirklich nur eine Dirne mit dem einzigen Ziel, ihm

Befriedigung zu verschaffen. Doch für Ilhan hatte dieser Ort mit einem Mal etwas Verbranntes und Abstoßendes. Er wollte nur weiter und mit sich selbst diesen Sieg, diese Befreiung von inneren Zweifeln feiern. Halb widerwillig legte er sich noch kurz neben dieses untersetzte Mädchen, doch gleich darauf gab er ihr einen flüchtigen Kuss, bei dem er nur auf ihre komisch abstehenden Haare starrte, und sah zu, dass er aus dem Keller kam.

Es ist seltsam, er weiß nicht mehr, was er dann tat, wohin er ging und wie er den Erfolg genoss. Doch als wäre in seinem Kopf etwas versehentlich verrutscht, eine Gedankenleitung verschoben, springt seine Erinnerung in eine ganz andere Nacht. Im düsteren Monat November war sie. Da lag er in Tagträumen auf seinem Bett, hatte seit einer halben Woche nichts gegessen, nicht geschlafen und war dennoch nie wirklich wach gewesen. In dieser Nacht hörte er endlich das leise Öffnen und Schließen von Aysels Zimmertür, hörte er das Tapsen ihrer schleichenden Schritte über den kleinen Flur und das kurze Piepen des hochfahrenden Rechners, bevor sie alle Geräusche stumm schaltete. Obwohl er innerlich vor Spannung zerbarst, blieb er ruhig liegen, beherrschte jede Regung, als sie kurze Zeit später zurückschlich, und verharrte noch lange in Stille, bis er glauben konnte, sie sei eingeschlafen. Dann erst wagte er es.

Leise wie sie stand er auf, mit aller Vorsicht drückte er die Tür zu und fuhr den Rechner hoch. Emotionslos nahm er wahr, dass seine Falle zugeschnappt, dass sie sich tatsächlich eingeloggt hatte. Doch als er die blauen Farben von Facebook sah, ihr Foto als eigenes Profilbild erblickte und in den Nachrichten wirklich den Deutschen als einen der Absender und Empfänger sah, fiel es ihm unendlich schwer, ruhig zu bleiben und besonnen zu lesen. Bei den ersten Malen hetzte er seine Augen hektisch über jede Nachricht und fand nichts Verdächtiges. Doch bevor er tiefer nachlesen, bevor er sich gar freuen konnte, wurde er von seiner Panik gleich in einen anderen Verdacht getrieben und er suchte nach anderen männlichen Absendern. Erst als er hier keine fand, las er jede einzelne Nachricht des Deutschen genau, doch es gab nichts, was auf Sex, nichts, was auf einen Kuss, nicht mal etwas, was auf eine Berührung hingedeutet hätte. So saß er da, blickte noch einmal auf Alex' Profil, suchte in seinen Augen nach etwas Bösem, dachte, er hätte es erblickt, und ging danach jede einzelne Nachricht seiner Schwester an wen auch immer durch, um auch nur den geringsten Verdacht auszuschließen. Doch was er auch las, war rein und gut. Nur einmal stolperte er über einen Text von Helena, der verdächtig zwischen zwei Nachrichten von Alexander stand.

»Ich hab echt noch mal lange über unser Gespräch nachgedacht und verstehe wohl erst jetzt, was du wirklich meinst. Es ist komisch, meist sind wir uns so ähnlich, aber manchmal erscheinen Deine Gedanken so anders als meine …

Du hast gefragt, wie wichtig das eigene Glück ist, auch wenn man damit andre Menschen verletzt. Da warst Du auf einmal so anders, als ich dich kenne. Obwohl die Frage bei uns beiden, wahrscheinlich bei ganz vielen Mädchen aufkommt, Du hast mich nicht angegriffen, aber trotzdem hab ich mich irgendwo verletzt gefühlt … irgendwo hast Du etwas angegriffen, was mir wichtig ist. Was ich einsehe, dass wir Deutschen in unserem Leben egoistisch, dass wir einsam sind. Sind das aber wirklich Synonyme für Freiheit, wie du sagst? Und ist das bei Euch wirklich anders?

Für mich wäre die Welt furchtbar dröge ohne Kunst und ich kenne wenige, die sich so toll in Kunst einfinden wie Du. Aber wie kann man sich Kunst ohne Freiheit vorstellen? Freiheit zu denken, zu fühlen und zu lieben? Verstehe ich nicht. Ich fürchte mich wie Du vor Einsamkeit, aber ich verstehe nicht, warum man sie gegen Freiheit stellen muss?

Tu, was du für richtig hältst. Mehr kann ich dir als deine beste Freundin nicht raten. Sei nett, sei gut, sei fair zu allen, umso mehr zu den Menschen, die dir nahe stehen. Es gibt da einen sehr albernen Spruch, aus einem bestimmt noch alberneren Lied. Aber so albern er klingen mag, so wahr ist er doch vielleicht. »Geh, wohin dein Herz dich trägt« wird dort gesungen, während irgendwelche Schlagersänger sicher beschwipst in die Kamera lächeln. Doch so albern, so fremd und aufgesetzt vieles auf dich wirken mag, so wahr ist es am Ende doch.

Helena«

Plötzlich öffnete sich hinter ihm eine Tür. Hastig und voll Furcht, erwischt zu werden, klickte er auf einen neuen Tab. Die bunten Buchstaben der Suchmaschine strahlten schon auf sein Gesicht, als Aysel ihn flüsternd fragte, was er um diese Uhrzeit am Computer machte. Genervt antwortete er: »Ich muss noch etwas für die Schule nachschauen. Und warum bist du schon wach?« Aysel deutete auf eine leere Wasserflasche in ihrer Hand und lief in die Küche. Auf das Facebook-Fenster mit Helenas Nachricht starrte er noch einige Sekunden und schloss es dann. Für einen Moment schwoll eine Welle der Wut in Ilhan auf. Wut, dass die schöne Helena, diese perfekte Deutsche auch auf der anderen Seite war, dass auch sie mithelfen wollte, seine Schwester zu entehren. Doch bald ebbte der Ärger in ihm ab und wich einer großen Erleichterung. Helenas Text klang zu theoretisch, zu zaghaft und ohne jede Wertung. Erst als er den Rechner herunterfuhr und noch eine Weile im Dunkeln des einsamen Flures saß, durchströmte ihn ein tiefes Gefühl der Erleichterung. Alle Nachrichten hin und her, sie hatte es nicht getan. Seine Schwester war rein und mit ihr seine ganze Familie.

Alexander

»Woran denkst du?«, erklingt plötzlich Aysels Stimme aus der Dunkelheit. Sie liegt ihm seitlich zugewandt, den Oberkörper auf den Ellbogen gestützt und blickt ruhig in das matte Licht. Alex überlegt einen tiefen Atemzug, erwägt, einen belanglosen Satz zu sagen. Irgendetwas zwischen sie und seine Seele zu schieben. Doch das würde nicht gelingen. Langsam schließen sich seine Augen.

»Ich habe Angst«, hört er seine Stimme durch das schwarze Zimmer gleiten. Aysel schweigt, und auch kein Seufzer, keine Regung ihres Körpers dringen an sein Ohr. So tropft die Zeit in Stille und Dunkelheit dahin, und erst als er kaum noch weiß, was er da eben gesagt hat, öffnen sich seine Augen erneut. Er starrt auf die Balken an der Decke, durch das Dachfenster zu den Sternen, um am Ende wieder zu ihr zu schauen. Aysel hat sich noch immer nicht bewegt, als läge sie in tiefem Schlaf. Doch Alexander weiß, sie ist wach und bei ihm und leise fährt er fort.

»Meinst du, die Furcht wird irgendwann schwächer?« Seine Stimme sollte ruhig und abgeklärt klingen, als würde er überlegen lässig an einer Zigarette ziehen, als würde er die Furcht genießen und cool als Herausforderung annehmen. Doch sie klingt getrieben und verzerrt und wieder spürt er, dass er kein Held, sondern nur ein einsamer Krieger ist. Und so sehr kommt es ihm vor, als würde dieser Krieger einen Sturmlauf gegen seine eigene Angst beginnen, weil er in ihrem blanken Angesicht den Verstand zu verlieren droht. Endlich erlöst ihn ihre Stimme, legt sie sich beruhigend auf seine getriebene Seele.

»Die Angst wird immer in uns sein. Sie gehört nun zu uns.«

Alex dreht sich zur Seite, lehnt sich vor, sodass es nur noch zwei Meter sind, die sie trennen. Er spürt, wie ihre Worte seine Furcht einschläfern, wie sie seine Sinne betäuben. Doch wie bei jeder Betäubung wehrt sich ein gesunder Körper, weil er weiß, wie gefährlich es ist, Schmerzen, wie fahrlässig es ist, Angst zu leugnen. Und irgendwo aus seinem Unterbewusstsein hinaus scheint nun der verzweifelte Kämpfer endgültig gegen alles Furchteinflößende anzustürmen, obwohl er doch weiß, dass dieser Kampf, dass dieser gesamte Krieg zum Scheitern verurteilt ist.

»Und jedes Knarzen des Holzes über uns, jedes Rascheln der Bäume im Wind, jeder entfernte Schrei und jeder nahende Schritt eines Fremden sollen uns panisch aufschrecken lassen? Immer und immer wieder, dutzende Momente an jedem einzelnen Tag? Wie können wir diesen jämmerlichen Gefühlen eine solche Macht in unseren Leben lassen?«

Es widert ihn an, dass er so denkt, und er weiß, bald wird er sich dafür verachten, dass er seine Gedanken so unverblümt zu ihr trägt. Er fürchtet, er könnte sie mit seiner Angst infizieren. Aber die verzweifelt aufbrechenden Gefühle zurückzuhalten, ist fast unmöglich. Es erfordert immense Stärke und Kraft, vielleicht eine Aufgabe für Helden, nicht jedoch für kleine Krieger. Lautlos bewegt sich auch Aysels Schatten nach vorn, sodass sie nur mehr die Arme auszustrecken bräuchten, um sich zu berühren.

»Diese Angst, Alex, gehört fest zu unserer Liebe. Ohne diese Liebe gäbe es nicht die Furcht, sie hat sie erschaffen und genährt. In jedem ängstlichen Gefühl glüht auch ein Funken der Liebe zu dir und in jeder freudigen Empfindung, in jedem Gedanken an dich stecken kleine Stacheln dieser Angst, dass dir, dass uns etwas angetan wird, einfach nur, weil wir uns lieben.«

WINTER

Ilhan

Atemlos kämpfte er sich am nächsten Morgen durch das laute Schulgedränge. Er konnte es nicht lassen. Ilhan war sich sicher, etwas in der Eile übersehen zu haben, und stand in jener Nacht noch einmal auf, um Aysels Profil zu durchforsten. Und tatsächlich, was er diesmal las, stockte ihm den Atem. Seine Schwester selbst hatte Alexander erst vor ein paar Tagen nachts angeschrieben, um sich mit ihm zu treffen. Yasin saß mit der Gruppe strenggläubiger muslimischer Schüler an einem Tisch in der Mitte der Pausenhalle. Die Mädchen waren verschleiert, in weiten Kleidern, und jemand hatte immer Essen für alle dabei. Ilhan beschleunigte seinen Gang, als er seinen Bruder sah. Atemlos legte er seine Hand auf Yasins Schulter, um das Gespräch am Tisch nicht zu stören. Erst als der Sitzende sich ruhig umdrehte, begann Ilhan schnell zu sprechen.

»Ich muss mit dir reden, ağabey.« Auf die fragenden Augen seines Bruders und die der anderen reagierte er nur mit einem gemurmelten »Mit dir allein« und die anderen blickten betreten zur Seite.

Ruhig, alle Höflichkeitsformen beachtend, entschuldigte sich Yasin für die Unterbrechung des Bruders und dafür, dass er kurz gehen müsse. Ilhan nahm noch wahr, wie Helena an der Gruppe vorbeischritt, dann war Yasin schon aufgestanden. Schlotternd gingen die Brüder über den zugigen Schulhof in eine betongerahmte Ecke. Die strenge Konzentration auf den Rhythmus des täglichen Gebets und das Bemühen um das genaue Einhalten der sonstigen Glaubensgrundsätze halfen Yasin, die Sorge um Aysels Unbefleckheit in die unteren Bewusstseinsetagen zu verbannen. Und doch sah Ilhan tiefe Erleichterung in seinen Augen, als er ihm versicherte, dass sie nicht mit dem Deutschen geschlafen, ihn nicht geküsst, wohl nicht einmal berührt hatte. Sie war fehlbar, doch frei von Sünde und rein, und wenn man nun keine Fehler machte, würde sie es bleiben. Yasin packte seinen Bruder sacht am Arm.

»Es war nicht richtig, deine Schwester derart zu hintergehen, doch du hast es aus Sorge um sie und unsere Familie getan. Deshalb war es gut.« Die Ermahnung lächelte Ilhan weg. Jetzt war keine Zeit für derartige Diskussionen. Bald darauf saßen sie im heimischen Wohnzimmer, zusammen mit dem Vater, und tranken schwarzen Tee, den Baba selbst zubereitet hatte. Das allein war ein Zeichen für das Außergewöhnliche dieses Moments und dieser Zeit. Die Mutter war zu ihrer Schwester gefahren. So warteten sie auf Aysels Rückkehr aus der Schule, und wenn ihnen auch längst bewusst war, wie weit sie voneinander entfernt waren, so wurde es nun in ihrem gemeinsamen Schweigen, in dem Bemühen, sich nicht anzuschauen, schmerzhaft klar. Und als er hörte, wie sein Bruder flüsternd und erhaben betete, verfärbte sich Ilhans Freude über die Unbeflecktheit der Schwester wieder in die dunkelsten Farben aus Abscheu und Zorn. Hatte sie nicht alle in Sorge und Verzweiflung getrieben? Wie viel war die Ehre einer Schwester wert, die man mit Gewalt zur Einhaltung ihrer Pflichten zwingen musste? Als Yasin geendigt hatte, versuchte er es selbst seit langer Zeit zum ersten Mal wieder mit einem Gebet, sagte es stumm vor sich auf. Doch selbst hier, in diesen stillen Momenten mit Gott, ließen ihn die verurteilenden Gedanken an seine den Schmutz anziehende Schwester nicht los, und gleichzeitig, wie aus Trotz, wie als Hohn gegen seine geschundene Seele, verfolgte ihn das friedlich lächelnde Bild seiner Schwester. Es tauchte auf und alle Farben seines Bewusstseins veränderten sich auf einen Schlag wieder aus dem Dunkeln in das Gütige und Gute. Dieses lächelnde, unschuldige Mädchen war ihm einer der liebsten Menschen. Er konnte ihr nicht wehtun, konnte sie nicht verurteilen und verdammen. Sie war sein junges Blut. Unzählige Male, bei lauten Streits der Eltern in der engen Wohnung hatten sie sich Halt gegeben. Während Yasin sich ruhig in das Gebet zurückzog und sein Kopf bei jeder Verneigung fester auf dem Teppich aufzusetzen schien, als könne er dadurch die Schreie betäuben. Ilhan war, als zerrten ein wütender Scharfrichter und ein sanfter Engel an seinem überforderten Gewissen, und er wusste, sie hatten beide recht und jede Entscheidung, sobald sie getroffen wurde, würde sich als falsch erweisen. Am Ende, das war klar, würde er alles tun, um sie zu retten.

Er hörte das Öffnen und Schließen der Tür. Leise ging Aysel durch den langen Flur und nahezu gespenstisch strich ihr Schatten durch das große, dunkel verglaste Fenster der Wohnzimmertür. Viel zu übertrieben freundlich rief der Vater sie herein. Den Schulranzen noch auf dem Rücken, in dicker Jacke und grob gestricktem Wollschal stand sie vor dem Tribunal, von dem sie als Einzige nichts wusste.

Der Vater hieß sie, sich auf den hölzernen Stuhl neben dem Flachbildschirm zu setzen, auf dem, sobald die Mutter zu Hause war, schwülstige türkische Soaps liefen. Baba saß gegenüber auf seinem großen Fernsehsessel, Yasin und Ilhan seitlich daneben auf der Couch. Während sie mit zittrigen Händen ihre Jacke und ihren Ranzen ablegte, spürten die Brüder, wie unsicher sie war. Auch Baba musste es gemerkt haben.

»Wir sind erschüttert«, begann er leise und sanft, als würde er sie behutsam wecken. »Du hättest wissen müssen, deiner Familie entgeht nichts und wir wissen genau, dass du noch rein bist, dass der Junge, mit dem du schreibst, dich nicht berührt hat.«

Aysel atmete schnappend ein, setzte an, etwas zu sagen, doch beim Blick in die Augen des Vaters blieben ihr die Worte im Halse stecken. Ilhan beobachtete ihre Augen. Sie verrieten grenzenlose Unsicherheit, als hätte man sie auf einen See mit knirschendem Glatteis geschubst und als würde dieses Eis laut zu knacken beginnen. Ihr Blick floh durch das Zimmer und noch bevor er irgendwo Halt fand, setzte der Vater nach.

»Du hast für böses Gerede gesorgt, hast quälende Sorgen und furchtbaren Unfrieden in unsere Familie gebracht.« In seiner Tonlage wurde, obgleich sie Ruhe ausstrahlte, die Woge seines Zornes hörbar und man spürte, wie sie unter der Oberfläche seiner Beherrschung wuchs. Sekunden später brach sie finster in seinem plötzlich wutverzerrten Gesicht und der nun viel lauteren Stimme nach außen.

»Du hast unseren Namen beschmutzt. Jeder ehrlose Fellache in dieser Straße spricht über uns, zieht uns in den Dreck. Nicht mal die Hände halten sie sich vor den Mund, wenn sie ihre Rotze über uns ausspucken! Wir wissen genau, was du mit dem Deutschen geschrieben hast, und wir schämen uns dafür! Wir schämen uns für dich! Ich schäme mich ganz besonders, dass du meine Tochter bist, und, Allmächtiger, alle Gesten der Großzügigkeit und Gnade, die ich dir gegenüber gezeigt habe, tun mir unendlich leid. Sie haben dich weich, ungehorsam und unglücklich gemacht. Sie haben dich verdammt und uns alle mit dir.« Jedes Wort ertönte lauter und wütender als das vorherige und am Ende schrie er mit der beleidigten Inbrunst eines Mannes, der wusste, dass ihm furchtbares Unrecht geschehen war. Man glaubte, er würde aufspringen und von Sinnen auf sie losgehen.

Ein Schwall Tränen rann über Aysels Gesicht. Sie flüchtete vor dem Blick des Vaters und schaute die Brüder flehend an. Ilhan packte unsägliches Mitleid, fast wollte er aufspringen und seine Schwester schützend umarmen. Dann wurde ihm wieder klar, dass er für die Ehre der gesamten Familie, dass er auch für Aysels Seele kämpfte, und er erwiderte ihren Blick mit Ermahnung und Kälte.

»Jedes Wort haben wir gelesen«, fuhr Baba in einem viel leiseren, singend jammernden Ton fort. »Du hast uns enttäuscht, aber wir lieben dich. Wir lieben dich so sehr und so sehr hast du uns enttäuscht!«

Sie sah auf, direkt in sein theatralisches Gesicht, und man spürte, wie furchtbar sie sich nach dem Weg zurück in die Gemeinschaft, dem Weg heraus aus ihrer Anklage sehnte.

»Alles, worum wir dich bitten«, sagte Baba in plötzlich besonnenem Ton, »ist, dass du dieses Geschreibe, den Quell des ganzen Geredes beendest und uns und vor allem dich zurück in die Ehrbarkeit führst.« Ihre Augen öffneten sich weit.

»Dass du ihm ein paar klare Worte schreibst, dass er deine Ehre respektieren, dass er dich in Ruhe lassen soll. Ich vertraue dir, meine Tochter. Ich weiß, ich glaube daran, dass zwischen euch nichts vorgefallen ist. Yasin und Ilhan werden das ihrige tun.« Ein heiteres, gütiges Lächeln eroberte sein Gesicht. Die Vorstellung war beendet, und noch bevor er die Reaktion des kleinen Publikums studieren konnte, war er sicher, sie war gelungen. Doch seine Söhne saßen voll Anspannung und beobachteten den Kampf im Inneren ihrer aufgerissenen Augen. Als die Tränen nicht weniger, sondern immer mehr wurden, als sich ihre Stirn in immer bittendere Falten legte und ihre Augenlider sich viel zu lange schlossen, wussten sie, dass es noch nicht vorbei war. Tränenerstickt brachte sie den ersten Laut heraus, seit sie das Zimmer betreten hatte.

»Zwischen uns ist nichts passiert!« Sie schluchzte ein tränenersticktes »Warum?«, das ganz lange im Zimmer nachzuhallen schien, wohl auch, weil niemand sonst etwas sagte.

Für Baba, der sich etwas zu lange im eigenen Lächeln gesonnt hatte, kam diese Reaktion einem Hinterhalt gleich. Erst blickte er verblüfft auf seine Tochter, dann empört auf die Söhne. Für eine Sekunde war nicht klar, ob nun eine erneute, weit heftigere Explosion folgen würde. Doch erstaunlich schnell fand er sich wieder in voller Konzentration und war bereit für die nächste Eskalation seiner Gefühle aus Schande und Schmach, die er einzig seiner Tochter anlastete. Wieder begann er ruhig, aus den stillen, enttäuschten Sphären seiner Seele. Ja, er wimmerte fast.

»Warum, liebe Tochter? Du fragst warum? Möchtest du wissen, warum es Eltern schmerzt, wenn ihre Kinder nichts an Anstand, keinen noch so winzigen Funken Ehre mitbekommen haben? Warum Eltern daran zerbrechen, wenn ihre Kinder von allen als Dreck und Schmutz angesehen werden, und das zu Recht? Warum …«

»Darum geht es doch gar nicht«, brach sie dazwischen, nicht lauter als der Vater, doch weit aufgebrachter, viel weniger kontrolliert und wohl deshalb ehrlicher und überzeugender. Ihre Stimme klang so klar und vertraut, dass Ilhan wieder für ein paar Sekundenbruchteile das liebevoll lächelnde Bild seiner Schwester aus Kindertagen in den Sinn flimmerte, bevor es peinlich berührt ins Unterbewusstsein getreten wurde.

»Doch, genau darum geht es.« Hörte er sich selbst sagen und sein Bruder Yasin beugte sich vor, ihn stumm zu unterstützen.

»Du machst uns zum Gespött der Leute, denkst nur an dich, deinen Vorteil, deine Eitelkeit und wer weiß, vielleicht sogar deine Lust. Brauchst du es so sehr, dass man dir nachschaut, dich begehrt und beneidet? Bist du so schwach? Reicht es dir nicht, auf die richtige Liebe zu warten?« Seine Stimme klang enttäuscht und doch überlegen und Baba nahm die Vorlage gleich auf und zog seinen stärksten und vernichtendsten Trumpf.

»Aysel, liebe Aysel, wir wollen all das doch selber nicht. Du sollst ja noch Zeit haben, Zeit für deine Jugend, freie Zeit für dich. Wir wollen einfach nur eine frohe Familie sein, ohne diesen ätzenden Konflikt.« Ilhan blickte starr in ihre Augen und registrierte jede Regung. Endlich brach der Wille in ihnen, sie rang kurz nach Luft, senkte erneut ihren Blick und nickte leicht. Es war vorbei.

Ruhig las Yasin den bereits formulierten Text vor. Ohne sich weiter zu wehren, tippte sie ihn ein, drückte auf Senden, drehte sich um, sah, dass die Brüder zufrieden waren, und verschwand stumm in ihrem Zimmer. Ilhan, der immer wieder lautlos und lauschend an dem Raum vorbeischritt, hörte fast nichts, nur ab und zu ein leises Schluchzen, das so klang, als würde sie gekrümmt unter ihrer Decke liegen. Sehr viel später, am schwärzesten Punkt der Nacht, als es draußen am kältesten war und Aysel noch immer in ihrem Zimmer zu schluchzen schien, begann es draußen langsam, dann immer heftiger zu schneien. Der Winter war über das Land hereingebrochen.

Alexander

Die Buchstaben vor Alexanders Gesicht waren wieder und wieder verschwommen, und als ihr Inhalt endlich klar und verständlich vor seinem Bewusstsein lag, war noch immer nichts verstanden, passte noch immer nichts zusammen. Er wusste selbst nicht, wie er die Stunden verbracht hatte, bis er tief in der Nacht schlotternd an das Fenster seines bitterkalten Zimmers trat und in das Spiel der Schneeflocken unter einer einsamen Laterne blickte. Jetzt erst merkte er, wie kalt es im Raum sein musste, denn an den äußeren Rändern der Scheibe hatten sich Eisblumen gebildet. Lange starrte er auf die kalten Blüten. Auf einmal lächelte er. Frieden legte sich über seine aufgewühlte Seele, denn nun wusste er, was zu tun war. Zumindest für die ersten Stunden im Tageslicht hatte er einen Plan, der ihn beschäftigen, der ihn beruhigen würde. Ruhig ging er zu Bett, hüllte sich in die warmen Decken und schlief endlich ein.

Früh am nächsten Morgen lief er vorbei an hohen, dunklen Schornsteinen und großen weißen Hallen, die sich entlang der Straße eines einsam lärmenden

Industriegebiets erstreckten. Er rang mit sich und überlegte, ob es lächerlich sei, sich noch einmal in ihre Nähe zu begeben, von dem vergeblichen Hoffen auf ihre Liebe zu schweigen. Doch eine unerfüllte Liebe loszulassen, ist schwer und aufreibend. Man muss erst eine Menge Zuversicht, Energie und großen Mut sammeln, bevor man es wagen kann. In seinem müden Kopf tobten die Debatten, wie vor einem gereizten Parlament, in dem beide Seiten ihre geschönten Befunde und überzogenen Angriffe vortragen. Aysel und jeden Gedanken an sie und ihre Schönheit konsequent aus allen Träumen, aus jeder Sehnsucht und noch der beiläufigsten Fantasie zu entfernen, lautete die eine Ideologie. Es war der radikale Schnitt gegen das emotionale, jede andere Regung zerfressende Geschwür. Schnell und rücksichtslos sollte er durchgeführt werden, wogegen die Gegner heftig protestierten. Sie fürchteten sich vor Schmerz und Leiden radikaler Schritte, von den emotionalen Spätfolgen ganz zu schweigen.

Ein letzter, alle restlichen Kräfte mobilisierender Versuch sollte daher erfolgen, ein finales Aufbäumen. Sei es nur, um den letzten Glauben zu verbrennen oder um einer erbärmlichen Zuversicht die finale Chance zu geben. Deshalb lag er nicht zu Haus in seinem Bett, sondern stapfte durch den unberührten Schnee und zog einen Schlitten hinter sich her. Er wusste nicht viel über ihre Wege an einem gewöhnlichen Samstag, doch er kannte ihr Haus und irgendwann würde sie es verlassen. Gegenüber lag ein kleiner türkischer Bäckerladen, dessen Licht offen und warm in die matte Kälte des Wintervormittags strahlte. In dem viel zu großen Verkaufsraum gab es eine kleine Theke und vereinzelt standen Tische und Stühle herum, die nicht recht zusammenpassen wollten. Trotzdem war der Raum liebevoll eingerichtet und die Dekoration an der braunen Wand war mit einer sympathischen Mischung aus Sorgfalt und Chaos gestaltet. Er setzte sich so an ein Fenster, dass er ihren Hauseingang im Blick hatte, ohne selbst gesehen zu werden. Hinter ihm blinkten Automaten, noch dahinter, im gekühlten Getränkeschrank, stand neben Cola, Ayran und Uludağ auch Bier. An der Theke arbeiteten zwei Männer und eine schwarzhaarige Frau. Von allen Leuten in diesem düsteren Teil der Stadt würden sie für einen Jungen, der sich von einem Kopftuch nicht abschrecken lässt, noch am meisten Verständnis haben. So verging die erste Stunde mit Tee und etwas Gebäck und die zweite mit ein paar Zeitschriften und der immer wieder aufkeimenden Frage, wie dämlich er doch war, hier zu sitzen. Außer ihm war niemand da. Nur ab und zu holte jemand etwas zu essen ab und einmal kam ein alter Mann mit vergilbtem blonden Haar, verspielte in Windeseile dreißig Euro an drei Automaten gleichzeitig, blickte einen Augenblick trübselig in sich hinein und war wieder verschwunden. Alexander schrieb eine Nachricht an Volkan. Er wusste selbst nicht, warum gerade jetzt und warum gerade ihm. Ohne Umschweife erzählte er, wo er sich befand und was er hoffte. Volkan antwortete nur ein kurzes »Alles Glück der Welt für dich!«. Doch Alexander spürte, wie ernst die Worte gemeint waren.

Mit der Zeit kam es ihm immer mehr so vor, als würden ihn die Bedienungen zusehends fragender anschauen, und nur um sie zu beschäftigen, bestellte er noch einen Tee und ein paar der klebrig süßen Baklavaecken, von denen drei volle Bleche in der Auslage glänzten. Sie musste in den wenigen Sekunden, als er das Rückgeld gezählt hatte, das Haus verlassen haben. Schon war sie auf der Straße und verließ das Blickfeld des Fensters. Ihr Gesicht, ihre Augen waren gesenkt, doch niemand begleitete, niemand bewachte sie. Das war das einzig Entscheidende. Schnell schob er sich vier Baklavas in den Mund, wurde von der Unmenge an Zucker und Aufregung fast ohnmächtig, versuchte, Tee nachzuschütten, verbrannte sich die Zunge und beschloss, den Zustand in seinem Mund und seiner Kehle zu ignorieren. Den Schlitten unter den Arm geklemmt, nahm er die Verfolgung auf.

Sie schien kein Ziel zu haben, die Hände in den Taschen, das Kopftuch weit ins Gesicht gezogen, stapfte sie durch das matschige Weiß am Rand der großen Schnellstraße. Ihr Schritt war schnell und bestimmt, doch ihr Blick schien so verloren, dass Alex sich nicht traute, sich bemerkbar zu machen. Er wagte nicht einmal, schneller zu gehen und ihr näher zu kommen. Der Zucker beherrschte noch immer Mund und Rachen und er fragte sich, ob er, wenn er immer weiterliefe, vor Überzuckerung umfallen würde. Vorn schaltete eine große Ampel auf Rot. Aysel blieb stehen und Alex tat einige Schritte hinter ihr das Gleiche. Ringsum waren nur Wiesen, Straßen und Felder, in der Ferne rauchende Häuser und an den Rändern der Straße lagen vereinzelt kleine Buschgruppen. Es gab nichts, wohinter sich ein verliebtverschüchterter Junge hätte verstecken können. Würde sie sich jetzt umdrehen, stünde da ein dämlich dreinblickender Achtzehnjähriger mit einem Holzschlitten im schmutzigen Schnee einer Schnellstraße. Sein einziger Vorteil, die Überraschung, hätte sich gegen ihn gewandt. Ein kurzer, verwirrter Lacher, eine unsicher gedruckste Erklärung und mal wieder das vernichtende Gefühl, in Aysels Welt nichts wert zu sein. Dort bestenfalls als Klassenclown, nie jedoch als Geliebter gelten zu können. Dieses Bild, aus den dunkelsten Tiefen seines Unterbewusstseins aufsteigend, sorgte für Abschreckung und Antrieb genug, sodass er seine Schritte hastig fortsetzte. Während die Autos und Laster langsam anfuhren, stellte er sich neben das verborgen schöne Mädchen und schaute schüchtern in ihr blasses Profil. Als sie ihn erblickte, erschrak sie kurz und blickte hastig zu allen Seiten. Die einzige Frage, die sie zu seiner Anwesenheit stellte, war, ob ihm jemand gefolgt sein könne. Ihre Stimme klang dabei ganz sachlich, wie bei einer mündlichen Prüfung oder einer ernsten Quizshow, in der es ab jetzt um alles geht. Ebenso sachlich verneinte er. Die Ampel sprang auf Grün und sie gingen stumm über die Kreuzung.

»Willst du mit mir auf dem Königsstuhl Schlitten fahren?« Obwohl sie sich ständig bang umschauten, obwohl solch große Gefahr über ihrem Zusammensein lag, klang seine Stimme so anmutig und frei wie die eines jeden Jungen, der sich getraut hatte, sich einem hübschen Mädchen zu nähern. Als läge ein Kokon um diesen Moment, der jeden Zauber in ihm behütet und nicht zulässt, dass er von außen beschmutzt wird. Und tatsächlich legte sich ein Lächeln über ihr Gesicht. Sie blieb stehen, blickte in die weiße Landschaft und hob elegant den linken Arm. Weit streckte sie den Zeigefinger in die Höhe und grinste nun fröhlich über das ganze Gesicht.

»Dort muss es sein«, schrie sie in den Wind hinein. »Wir müssen genau hier entlang.« Alex nickte wie ein folgsamer Schüler. Gemeinsam sprangen sie über einen Graben und stapften querfeldein durch den unberührten Schnee. Das Dröhnen der Straße entfernte sich, die Anwesenheit des anderen wurde stärker und in aller Natürlichkeit nahm Alex ihre Hand und hielt sie, als sie über das weiße Feld zu den bewaldeten Hügeln gingen. Bald verschluckten sie die dunklen Bäume, über ihnen schlossen sich die Wipfel und niemand konnte sie mehr sehen. Langsam und schweigend stiegen sie hinauf, spürten den Schnee, der aus den Zweigen auf sie fiel, lauschten dem krachenden Knacken der Äste, lachten, ließen sich wieder und wieder erschöpft in das weiche Weiß fallen und gelangten schließlich zum Gipfel des Königsstuhls. Atemlos blickten sie in die Weite des Tals und unter ihnen, nur wenige Hundert Meter entfernt und doch vom Wald verborgen, lag das alte Schloss und in seinen Mauern unendliche Erinnerungen. Dort war es, wo sie sich, wie wohl auch unendlich viele andere zuvor, zum ersten Mal geküsst hatten, und diese Erinnerung ließ Alex' Herz warm und stark werden. Wieder blickte er in ihr schönes Profil und merkte erst da, dass sie ihr Kopftuch ausgezogen hatte und die schwarzen Locken wild um ihr freies Gesicht wehten. Zögernder als zuvor nahm er ihre Hand und wie selbstverständlich ließ sie es zu. So standen sie da und blickten in die Ferne. Und dann, in all diesem Frieden geschah es ein zweites Mal und daran erinnerte sich Alex genau. Er drehte sich zu ihr, zog ihren Kopf zu sich heran, fuhr mit beiden Händen durch die wilden Haare, umfasste das schmale Gesicht und sie verloren sich in ihrem zweiten Kuss.

Schnell fuhren sie den Hang hinab. Zusammen sitzend, alleine liegend, kniend und übereinandergestapelt. Immer wieder landeten sie im Schnee, ließen sich den Hang hinabrollen, warfen sich im sanften Weiß übereinander und küssten sich sacht. Erst als die frühe Dämmerung hereinbrach, in der Stadt im Tal die Lichter zu erstrahlen begannen und die Natur hier oben sich langsam dem menschlichen Auge entzog, spürten sie etwas wie Hunger und Kälte im Leib und gingen langsam durch den immer finsterer werdenden Wald ins Tal. Doch mit jedem Schritt, mit dem sie sich den Häusern näherten, schien sich Aysel unwohler zu fühlen. Mehr und mehr kam Alex sich vor wie eine peinliche Last und trotzdem fiel es ihm schwer, ihre Seite zu verlassen. Sie waren nur noch wenige Querstraßen von ihrem Häuserblock entfernt, da drehte sich Aysel plötzlich zu ihm, zog sein Gesicht herunter und küsste ihn flüchtig. Im selben Moment stieß sie Alex sacht zurück. Ein paar Meter noch schaute sie im Rückwärtsgehen in seine Augen, doch schnell drehte sie sich um und rannte nach Haus.

Ilhan

Anfangs war man in allen Vorbereitungen froh gewesen, dass Aysel weg war und keinen Verdacht schöpfen konnte. Kurz bevor sie kamen, hätte man es ihr schon noch schnell erklärt. Doch über den Tag wich die Freude der Besorgnis, wieder und wieder hatte man sie immer aufgelöster versucht, auf dem Handy zu erreichen, und nun, wo es an der Tür klingelte, herrschte Panik in den Augen der gesamten Familie. Höflich und zurückhaltend baten Baba und Anne Selim und seine Eltern herein, während Yasin ungelenk in einer dunklen Ecke stand. Ilhan hielt es nicht aus. Im Badezimmer gab es ein kleines Dachfenster, aus dem man fast alle angrenzenden Straßen überblicken konnte. Schnell schob er einen Schemel darunter, stellte sich auf die Zehenspitzen und lugte hinaus, in der vagen Hoffnung, irgendwo seine Schwester zu erblicken. Und wirklich, dort weit hinten war ein Mädchen, das ihre Jacke trug, über der schwarze Locken wehten. Es zog einen blonden Jungen zu sich und küsste ihn auf offener Straße. Dieses Mädchen war Aysel und dieser Junge kein anderer als Alex, sein größter Feind.

Fest krallten sich Ilhans Hände in den kalten Fenstersims und weich wurden seine Knie auf dem Schemel. Er glaubte zu würgen, obwohl sein Mund verschlossen war. Doch auf all das konnte er keine Rücksicht nehmen, nun galt es, schnell zu handeln. Sekunden später war er im sorgsam hergerichteten Wohnzimmer, in dem Tee und Gebäck einen wohligen Geruch verbreiteten. Gäste und Gastgeber standen unsicher umeinander und Selims Familie blickte so verloren, als hätte man sie mitten aufs Oktoberfest gestellt. »Unsere liebe Aysel …«, setzte Baba drucksend an, doch bevor er ein weiteres Wort von sich geben konnte, sprang ihm Ilhan mit freudiger Stimme bei, »… war noch ein wenig frische Luft schnappen, sie ist gleich bei uns.« Er ignorierte die fragenden Augen seiner Familie, stellte sich lächelnd neben Selim und fragte beiläufig, wie die Fahrt war. Sein ganzes Gesicht strahlte, und doch spürte Ilhan, wie eine Welt in seinem Inneren zusammenbrach und tiefe Furchen der Enttäuschung sich durch seine Seele zogen.

Baba hieß die Gäste umständlich, sich zu setzen, und Anne huschte hin und her, um allen Tee einzuschenken und Gebäck anzubieten. Auf einmal stand Aysel völlig unvermittelt im Türrahmen und schaute verwundert auf die Szene, die sich ihr dort bot. Sie sah zu ihren hilflos lächelnden Eltern, die so taten, als sei alles normal. Ihre Augen richteten sich auf Ilhan, der sofort auf seinen dampfenden Tee schaute. Er konnte sie nicht ansehen, ohne sie zugleich laut zu verfluchen. Und endlich fanden ihr Blick und der von Selim zueinander und verhakten sich für lange Sekunden. Er saß scheu in einem strahlend weißen Hemd zwischen seinen Eltern, die Hände ruhig in den Schoß gelegt. Sie stand durchnässt und versteinert, verwirrt und verloren in der eigenen Wohnung und begann zu begreifen.

Anne hatte als Erste gemerkt, wie komisch die Situation war und wie fremdartig sie auf Selims Familie wirken musste. Schnell war sie aufgesprungen, hatte etwas von ihrer lieben Tochter, die sich nicht erkälten solle, gemurmelt und Aysel aus dem Türrahmen in Richtung Badezimmer geschoben. Zurück blieben die fremde Familie, Baba, Yasin und er und eine noch größere Befangenheit als zuvor. Es war, als wäre dort, wo Aysel eben noch verwirrt in die Runde blickte, ein schwarzes Loch entstanden und als zöge dieses Loch das letzte bisschen Vertrautheit aus dem Raum. Ilhan schaute auf Baba. Auch er blickte auf den Türrahmen, obwohl dort nichts war, dann schaute er auf Selims Vater und verlagerte mehrere Male ungelenk sein Gewicht auf dem großen Sessel. Als er endlich etwas sagte, klangen seine Worte viel zu fröhlich, ja fast gesungen:

»Mein kleines Prinzesschen ist noch so verspielt,

wie ein Kind im Schnee.« Seine Stimme lachte auf, doch seine Augen studierten konzentriert jede Wirkung der eigenen Worte im Gesicht von Selims Vater.

»Sie wird ihre Jugend noch lange in sich tragen«, schob er schnell nach und ließ ein Glucksen folgen, das jedoch zwischen bedingungslosem Aufheitern und peinlich berührtem Rückzug stecken geblieben schien. Ilhan legte schnell nach.

»Na ja, Selim«, sagte er viel langsamer, viel souveräner, »wer auch immer meine Schwester mal heiratet, muss ihr erst mal bessere Winterkleidung kaufen.«

Für eine Sekunde schienen sie nicht zu wissen, ob der Satz als Scherz gemeint war, aber dann sahen sie Ilhans zwinkerndes Grinsen, und auf dem Gesicht des Sohnes, des Vaters und dann der Mutter machte sich das gleiche Lachen breit. Selim zwinkerte zurück, doch fand er Ilhans Augen nur noch abwesend und leer.

Denn da, ohnehin viel später als erwartet, war sie in seine Gedanken durchgebrochen, die böse Welt, die das Schlechteste ersann und genug Macht besaß, ihn darin gefangen zu halten. Sie hatte ihn geküsst, das war das Mindeste, wahrscheinlich mehr und wer weiß, vielleicht hatte sie es auch mit verschiedenen Kerlen getan? Wie ein unaufhaltsamer Strom flossen grausam grelle Bilder durch seine Fantasie, Bilder, auf denen sie es mit dicken alten Männern oder muskulösen Jugendlichen in irgendwelchen Kellerräumen trieb. Er sah verschiedenste Rassen, sah Tarek und Benjamin mit ihr in den abartigsten Stellungen, sah seine Schwester schmerzhaft aufschreien und lustvoll stöhnen und wusste nicht, was er übler fand. Und dann, im schlimmsten Moment endlich, war da ein Gesicht ganz deutlich. Aber es war nicht der Deutsche, der überlegen lächelnd seine Schwester genoss. Es war Said. Ilhans Verstand schien zu taumeln, und wie nach Halt suchend, bohrte er seine Fingernägel in beide Oberschenkel. Er schaute auf, sah Yasin, der ihm nur als leeres Gefäß, nicht als Mensch vorkam, sah seinen Vater etwas gestenreich erzählen, aber hörte ihn nicht und ihm war, als würde seine Seele langsam abrutschen und in etwas Schwarzem versinken.

Doch da stand sie plötzlich wieder im Türrahmen und es waren ihre ruhigen Augen, die ihn langsam aus den düstersten Fantasien zurück in dieses Wohnzimmer zogen. Sie trug nun eine feine Stoffhose und ein weißes Oberteil, das weit geschnitten war, aber ihre Weiblichkeit klar erahnen ließ. Auch ihr Kopftuch war nun weiß, jedoch mit vollen schwarzen Blumen verziert, die fast an Haare erinnerten. Ein zaghaftes Lächeln ging über ihr harmonisches Gesicht und Ilhan fragte sich, ob sie so etwas wie einen Knicks gemacht hatte, bevor sie sich zu Anne auf eine Couch setzte. Niemand schaute mehr auf den Türrahmen, auf Baba oder verloren im Raum umher. Alle Blicke richteten sich auf sie und es schien, als würde sie alle Befangenheit aus dem Raum verbannen. Doch während alle die Schönheit seiner Schwester bewunderten, brodelte es erneut in Ilhan und Saids Gesicht flimmerte in sein Bewusstsein. Um sich abzulenken, blickte er auf Selim. Sie kannten sich von ein paar Treffen mit der Verwandtschaft und er hatte keinen imponierenden Eindruck gemacht. Sehr wahrscheinlich hatte er nie mit einem Mädchen geschlafen oder auch nur eines geküsst. Bestimmt schaute er nicht einmal Pornos, trank nie und ging regelmäßig zur Moschee. Vielleicht wird er seine Schwester bekommen und wohl nie erfahren, was für eine Hure sie unter ihrem Kopftuch ist. Und Ilhan fragte sich für einen kurzen Moment, ob er diesen lieb dreinblickenden Hänfling dafür beneidete.

Zaghaft entspann sich ein Gespräch. Besonders aufmerksam wurden alle, sobald Selim oder Aysel etwas sagten. Gebannt wurden ihre Regungen registriert, besonders, wenn sie in Richtung des jeweils anderen gerichtet war. Und da jeder auf die beiden schaute und wartete, dass sich die Stimmung zwischen ihnen löste, begannen sie immer häufiger zu lächeln, gelang ihnen immer wieder ein kleines Lachen und irgendwann waren die gezwungenen von den ehrlichen Emotionen nicht mehr zu unterscheiden. Sobald Selim und seine Familie weg waren, verschwand Baba ins Schlafzimmer und Anne lächelte Aysel an. Sie gingen in die Küche, schlossen die Tür und blieben lange verschwunden. Langsam ging Ilhan in sein Zimmer, legte sich in sein Bett und vergrub das Gesicht in tiefen Kissen. Nun musste wirklich etwas geschehen.

Alexander

Die Tage kamen ihm vor wie immerwährende Tropfen, die nach langem Regen unablässig vom Dach glitten. Als der erste Montag nach diesen wundervollen Stunden im Schnee hereinbrach, war er nicht mehr als ein verschüchtertes Etwas, das es nicht einmal schaffte, Aysel in der Schule direkt anzublicken. Der Dienstag, der Mittwoch vergingen, ohne irgendetwas als Schmerz und das fortwährende Gefühl, ein Feigling zu sein. Und als er sich Donnerstag nach der Schule endlich auf eine Treppe setzte, an der Aysel jeden Mittag alleine vorbeiging, war plötzlich eine Freundin mit Kopftuch bei ihr und er hatte endgültig das Gefühl, dass etwas Unsittliches, Unschickliches an ihm klebte. Er lächelte schüchtern. Aysel ging in ihr Gespräch vertieft vorbei, und erst als sie ihn schon passiert hatte, sagte er ein erbärmlich verschüchtertes »Hallo«, das nur ihre Freundin erwiderte. Selbst das war bereits eine, vielleicht zwei Wochen her, und in einigen Momenten fragte er sich, ob er das Lachen, die Küsse und den Zauber im Schnee nur geträumt hatte, und noch mehr fragte er sich, ob er so etwas jemals wieder würde träumen können.

Wenn schon eine lange Winternacht reichte, den Zauber dieses Samstags zu verwischen und vergessen zu machen, wie sollte sich Vertrauen, wie wahre Liebe und wie sollte sich die Hoffnung bilden, um diesen spaltenden Glauben zu überwinden? Und immer wieder stand er in diesen Winternächten auf dem Schlosshof und immerfort spürte er den Augenblick ihres Kusses. Doch die Erinnerung entfernte sich mehr und mehr. Er versuchte, sie zu greifen und zu halten, und doch, mit jedem Tag mehr war er der Junge, der damals desillusioniert Richtung Schlosstor gelaufen war, im festen Willen, sie zu vergessen.

Ilhan

Wie friedlich wirken doch die verwunschenen, die verwinkelten Gassen der Altstadt unterhalb des Schlosses. Aus aller Welt kommen Touristen hierher, fotografieren die alten Steine und lauschen den Geschichten von grausamen Kriegern und betrunkenen Fürsten. Dies war der Ort der Entscheidungsschlacht, die den Eindringling endgültig aus dem Leben seiner Schwester verbannen sollte. Mit Said und Tarek stand Ilhan im Schatten eines Fachwerkhauses, etwas seitlich vor einem dunklen Hof gelegen, auf den sie immer wieder halb erwartungsvoll, halb verunsichert blickten. Said hatte nicht viele Fragen gestellt, es genügte zu sagen, da sei ein Deutscher, der die eigene Schwester trotz Kopftuch belästige und dem man etwas Respekt und Achtung vor muslimischen Frauen beibringen müsse. Ilhan lehnte sich neben Tarek gegen die Wand. Der sagte fast nie etwas, lief immer nur mit, trank nichts und fing nie etwas mit einem Mädchen an. Aber doch respektierten, ja mochten sie ihn alle. Vielleicht, weil man sich an seiner Seite etwas ausruhen konnte von dem umtriebigen Said, weil es so viele Momente gab in denen es guttat, wenn endlich einmal niemand etwas sagte. Und heute war Ilhan ihnen allen ohnehin unendlich dankbar, dass sie hier waren.

Frostiger Wind pfiff durch die Gassen und überall schimmerten gefrorene Eispfützen im Laternenlicht. Kaum ein Mensch huschte vorbei. Irgendwo, vielleicht nah, vielleicht fern, spielte eine Band schrille Jazztöne, ohne dass eine dauerhafte Melodie erkennbar gewesen wäre. Unsicherheit machte sich breit. Seit einer halben Stunde hatten sie nichts von Benjamin gehört, der ihnen Bescheid geben sollte, sobald sich Alex, wie von Benjamin vorhergesehen, dieser Straße näherte. Die Band hörte auf zu spielen, nur noch das Pfeifen des Windes schallte durch die Mauern und sie spürten die Kälte umso stärker. In diese neue gespenstische Ruhe hinein vibrierte Saids Handy.

»Es ist so weit«, meinte der nur leise und tatsächlich, nahezu im selben Moment bog Alex um die Ecke. Die Hände hatte er in den Hosentaschen vergraben. Doch nicht locker, wie Said und seine Freunde das taten, sondern zurückhaltend und Platz gebend wie die meisten Deutschen. Als er die drei Jungen mit der Plastiktüte erblickte, schaute er schnell weg und starrte im Gehen auf eine kahle Mauer. Said hatte alles präzise abgestimmt. Sie gingen auf ihn zu und trafen sich genau an der Einmündung eines dunklen Hofes. Said blickte sich kurz um, dann nur auf den

Deutschen und noch bevor dieser merken konnte, dass etwas nicht stimmte, traf Saids Faust mit voller Wucht in Alexanders Gesicht. Er wankte, wich zurück, die Hände bedeckten seine Nase. In der Verzerrung seiner Grimasse war der Schmerz klar zu erkennen. Doch seine Augen zeigten nur Verblüffung, als wäre der Schlag eines Mannes nichts Natürliches in dieser Welt, als gäbe es keine Gewalt zwischen Menschen und als würde alles Leben aus Schönheit und Frieden bestehen. Said bewegte sich flink auf die Straße neben Alex und trat mit voller Wucht gegen sein Becken, sodass er im Innenhof gegen eine der breiten Biomülltonnen prallte. Fast sah es schön und schwungvoll aus.

Jedes Opfer wirkt schwach und ist man gemein genug, wirkt jedes Opfer lachhaft. Nach allem, was Ilhan durch diese Schlange an Ohnmacht und Angst hatte ertragen müssen, tat es gut zu sehen, wie sie nun eine Hand ungelenk an die getroffene Hüfte und die andere über die Nase hielt. Langsam kroch dort das Blut hervor und tropfte auf die unscheinbare Jacke. Ruhig, cool und natürlich, als würden sie so etwas ständig tun, stellten sie sich nebeneinander in das kleine, beschaulich gemauerte Einfahrtstor und gingen auf ihn zu. Sie waren die dunklen Rächer, die die kleine Welt dieses krumm dastehenden Jungen in Schwarz färben würden. In seinen Augen lag furchtbare Angst, als er sie zögerlich anblickte. Die Band im Hintergrund begann erneut zu spielen. Sie startete mit einem sich schnell beschleunigenden Schlagzeugintro, in das heulend eine verzerrte Gitarre einsetzte. Ein wohliger Schwall aus Adrenalin und Übermacht durchschoss Ilhan und von der Kälte der Nacht war nichts zu spüren. Er wusste nicht, was nun passieren sollte, doch er lächelte siegessicher zu seinen Mitangreifern. Dann kam der Gegenschlag. Unbeholfen und durch den Beckentritt wie gelähmt stürzte Alex nach vorn, warf sich mit voller Wucht gegen Said, brachte diesen ins Wanken und klammerte sogleich seinen langen Arm um dessen Oberkörper, um ihn zu Boden zu reißen. Doch bevor es so weit kommen konnte, hatte Tarek ihn schon wieder gepackt und trat ihm mit voller Wucht in den Bauch, sodass er vornüber kippte. Die Musik tönte melodisch über den Hof. In Saids Augen zeigte sich ungeheurer Zorn und in seinem Nacken spürte Ilhan die Kälte nun allzu deutlich. Er schüttelte sich, blickte erst auf den Jungen am Boden, auf die weiße Farbe, die von der Wand blätterte, und dann aus dem Hof heraus in das warm anmutende Licht der Gasse. Er hörte das dumpfe Geräusch von Saids Tritten in Alex' Bauch und dazwischen erstickendes Schnappen nach Luft. Nach einiger Zeit erklang Tareks Stimme.

»Das reicht jetzt, lasst uns tun, wofür wir hier sind.«

Ilhan hört die Stimme durch seine Erinnerung hallen, langsam vermischt sie sich mit dem monotonen Geräusch des fahrenden Zuges. Das Dunkel des Hofes verfärbt sich in gemustertes Blau, über das matte Lichter jagen. Er sitzt wieder im warmen Regionalexpress in dieser Frühsommernacht und schüttelt sich, streckt sich kurz und dreht sich auf seinem Sitz zur Seite, als wolle er schlafen. Doch er weiß, es wird nicht gelingen, und so sinkt er wieder hinab in die Erinnerung, die immer wieder schwarze Bilder sendet und von Moment zu Moment springt.

Er erinnert sich, wie seine Brust einem ungeheuren Druck nachgab, er tiefer Luft holen musste und ihm alles zu viel wurde. Dann sieht er Saids Augen und weiß wieder, wie er versteinert dastand, unfähig zu reagieren. Das kann eigentlich keine Erinnerung sein, weil man sich nie selbst von der Seite im Hof stehen sieht, aber doch ist das Bild in seinem Bewusstsein eingebrannt. Einige Augenblicke flossen dahin, dann schleppten Tarek und Said Alex in die dunkelste Ecke des kleinen Hofes. An Tareks Hand baumelte die weiße Plastiktüte und auch jetzt, in diesem Zug, wo er weit fort ist von diesem Hof und in einer neuen Zeit, zieht sich sein Magen zusammen und seine Arme schlingen sich fest um seinen Bauch. Er setzt sich aufrecht, stützt sich mit den Armen vom Sitz ab, sodass sein Oberkörper ein wenig schwebt, und atmet tief ein. Die eigenen Gedanken zu kontrollieren ist schwer, und wenn sich eine Erinnerung vor unser geistiges Auge schiebt, gibt es nichts, was sie aufzuhalten imstande ist. Wir können nur versuchen abzumildern, was sie mit uns tut. Da erscheint wieder die Stelle dunklen Eises, auf die er damals starrte, da hört er wieder das Würgen des Deutschen und die schummrige Musik. Tarek schaute sich um, um zu sehen, wo er bleibt, wollte ihn mit einem Blick aufmuntern, doch Ilhan sah einfach nur weg. Denn da spürte er ihn am heftigsten, diesen Stich, der in diesem Moment überall hingehört, nur nicht in sein Herz. Den Stich der Gnade verlangt, wo keine Milde, keine Vergebung möglich ist. Und gleich danach sieht er in seinem Geiste wieder ihre Tritte im Bauch des Deutschen landen.

Er stand einfach nur stumm und das Blut rauschte in seinen Ohren. Nichts mehr wollte er von alledem mitkriegen, wollte nur noch nach Haus. Langsam trat Said zurück. Mit der rechten Hand versuchte sich Alex, ein wenig vom Beton abzustützen, würgte und rang nach Luft. Flink zog Said ein Klappmesser hervor, ließ es aufschnellen und bewegte langsam seine Hand, sodass es im matten Laternenlicht funkelte.

»Egal, wie es dich schmerzt, ich schwöre, wir werden dich aufschlitzen und deine schutzlose Mutter ficken, wenn du nicht sofort aufstehst.« Ruhig sprach

Said zu dem prustenden Elend am Boden. Doch Alex hustete nur und regte sich nicht. Das Schlimmste für eine Drohung ist, wenn sie ignoriert wird und man sie doch nicht wahr machen kann. Das verstand Tarek zuerst, ging auf den Deutschen zu, stützte ihn und half ihm auf. Sie standen eingehakt wie zwei betrunkene Brüder.

»Und jetzt lass deine Hose runter«, sagte Said gleich darauf trocken. Man sah Alex kurz aufblicken, dann unsicher und immer furchtvoller nach vorne starren. Benjamin war hinzugetreten, anscheinend wollte er sich das Spektakel nicht entgehen lassen.

»Na los, die Unterhose kannste anlassen«, setzte Said scharf hinterher. Er wollte dem Stolz keine Zeit lassen, sich gegen ängstlich getriebene Entscheidungen zu stellen. Doch bevor der Angesprochene etwas sagen, bevor er überhaupt reagieren konnte, durchbrach Tarek den einschüchternden Bogen.

»Hey, er soll das aber nicht ausziehen, solange ich hier stehe.«

»Hey, Ilhan, mach du das«, er blickte auf und brauchte einige Sekunden, um zu erfassen, was Said von ihm verlangte. Nun war er es, dessen Angst jegliches Aufkommen von Stolz hinfortspülte. In drei Schritten war er vor dem Deutschen, öffnete seine Hose und riss sie herunter. So furchtbar übel wurde ihm, als er die glitschigen Schweineinnereien aus der Tüte in Alex' Hoseninneres plumpsen ließ. Es roch nach Blut, nach rohem Fleisch, roch irgendwie nach Eisen und so sehr musste er sich beherrschen, sich nicht zu übergeben. Die glibberige Masse rutschte über seine Hand, beschmutzte seine Jacke, die weißen Schuhe, und die Tüte war noch halb voll, als er sie angewidert beiseiteschob.

Benjamin musste lachen, schrill und grell und unecht, doch Saids Augen blieben böse und gespannt, als der Deutsche immer wieder würgen musste, sie bewegten sich nicht, als er ihn mit dem ausgestreckten Messer befahl, seine Hose hochzuziehen, und auch nicht, als er sie unter Tränen schloss.

Said trat, die Schweinegedärme vorsichtig meidend, ganz nah an Alex heran, nahm sein Gesicht in beide Hände und blickte tief in die gebrochenen Augen. Er schob den Kopf des Deutschen beiseite, flüsterte in sein Ohr und es war nicht klar, ob das darauffolgende Nicken nicht nur durch Saids Hände verursacht wurde. Doch das war nun egal. Dass sie es bis hierhin durchgezogen hatten, war ein großer Erfolg. Lässig trat Said einen Schritt zurück, winkelte die Hände in seine Hüfte und ließ seine letzten Sätze ruhig und überlegen durch den Hof erschallen.

»Ich bin hinter dir, wenn du den Hof verlässt, und bleibe in deinem Schatten. Du gehst zu Fuß bis nach Hause und irgendwann werde ich weg sein, ich sage aber nicht, wann, und du wirst brav laufen, ohne dich umzudrehen.«

Alex' Augen sandten eine trotzige Erwiderung. Doch da war keine wirkliche Gegenwehr mehr, nur noch ein nutzlos stolzes Aufbäumen des Besiegten und so humpelte er wirklich vom Hof. Dann war es totenstill in der Gasse, als hätten Band und Wind gleichzeitig ihren Auftritt beendet, und für lange Augenblicke blieben die vier unbewegt im Schatten stehen. Ein letztes Mal sahen sie sich erleichtert an und liefen nach Haus.

Alexander

Es war schon Februar, die Sonne schien nie und doch schmolz der Schnee, und die Auen um die Stadt glitzerten im nassen Grün. Seine Unterhose hatte er gleich in der Nacht noch in eine Mülltonne geworfen, später am Tage auch Jeans, Jacke, T-Shirt und als Letztes die Schuhe. Er konnte nichts mehr sehen, was mit dieser ekligen Schweinemasse, seiner Niederlage und ihrem Stolz beschmutzt war. Sein eigner Stolz war ohnehin zu einer Nebensächlichkeit verkommen, fortgeschwemmt von etwas viel Mächtigerem als Prügel oder ein paar Gedärmen in der Unterhose, um jemanden zu demütigen. Denn wenn das, was es zwischen Aysel und ihm gab, wenn diese Gefühle lebten, so war er der einzige Held, der sie zu retten imstande war. Alles nahm er in den stärksten Farben wahr, als er an dem Montag danach von Adrenalin durchflutet die Schule betrat. In den ersten Schritten durch die steinernen Hallen, als er Ilhan und Said im Vorübergehen sah, lag noch etwas wie Angst. Doch sie schwand mit jedem Atemzug, bis nichts mehr von ihr blieb, als der Antrieb, alles Furchteinflößende zu zerstören. So saß er Tag für Tag mit Ilhan im selben

Klassenraum, und wie zwei sich abstoßende Pole suchten sie den maximalen Abstand. Doch immer, so entfernt sie auch voneinander waren, spürten sie die Anwesenheit des anderen, als stünde er direkt neben ihm. Täglich ertappten sie sich dabei, wie sie sich heimlich anschauten, sich studierten und doch nichts sahen als einen anderen Jungen, der aufgrund seiner Sehnsüchte und Werte zum Feind werden musste. Beiden war klar, dass die letzte Schlacht noch nicht geschlagen war.

Oft ging Alex in diesen Wochen einkaufen. Er zog sich anders an, bewusster, aggressiver. Er wählte keine Farben mehr, nur noch Schwarz und Weiß und ab und zu ein dunkles Grau und die feinen Züge seines Gesichts wurden immer von Kragen untermalt. Alles sollte cool und souverän, nichts mehr nett und verspielt wirken. Er machte jeden Abend Liegestütze, ging laufen und stemmte Hanteln. Er lief jetzt aufrechter und immer überlegen, als wäre alles ein Spiel und als könnte nur er es gewinnen.

Emilie kam ab und an vorbei, seine viel zu liebe Cousine. Sie merkte, dass etwas neu war, dass etwas nicht stimmte, und setzte sich zu ihm. Wie nur wenige Menschen war sie ihm vertraut, konnte sie ihm Aufmerksamkeit und Wärme schenken. Sie redeten von gemeinsam verbrachten Schulferien und plötzlich waren sie wieder Kinder, für ein paar Momente war alles gut. Doch sobald er in die Schule kam oder irgendwo mit Freunden sprach, war er unheimlich konzentriert und viel bedachter darauf, dass man ihm richtig zuhörte und ihn gerade ansah. Und einmal, als Kevin ansetzte, sich über eine Whiskeyflasche lustig zu machen, die Alex den Tiefen des Geräteraums vermacht hätte, beendete er das Thema und den Hohn mit einem einzigen Blick. Immer wieder forschte er in den Augen jedes Einzelnen, ob er, sollte es hart auf hart kommen, auf ihn zählen konnte. Doch mit Bestimmtheit ließ sich das nie sagen und er wusste, dass es Freunde gab, die ihn im Stich lassen würden. Überhaupt, alles war im Fluss, und er sah so manchen Menschen anders als früher. Volkan, mit dem er sich die letzten Monate ohnehin immer besser verstand, fühlte er sich jetzt richtig nah. Da lag etwas in den dunklen Augen dieses Jungen, das ihn an den leidvollen Blick Aysels erinnerte. Eine leise Verzweiflung vielleicht, aber auch eine ungeheure Kraft, sich gegen jedes Schicksal zu stemmen, auch wenn es noch so mächtig über uns kommt. Überhaupt Aysels Blick, wie sehr er ihn vermisste. Mit gesenkten Augen wandelte sie, wie von Fäden gezogen, durch die Schule, sah immer fort und ließ ihn mit seinem flehenden Blick allein. Immer wieder überlegte er, wie er sich ihr nähern, wie er herausfinden konnte, was mit ihr los war. Doch die Schule, so offen und frei sie erscheinen mochte, teilt sich schnell in jene, die die Liebe eines Deutschen zu einem Mädchen mit Kopftuch akzeptierten, und jene, die das nicht taten. Er sprach mit Volkan, doch der wusste nichts Genaues, denn die Gruppe um Said misstraute auch ihm. Aber da war Helena, die unberührbare Helena, die über all dem zu schweben schien. Und dieses Mädchen mit ihren Loreleylocken sprach noch immer mit Aysel. Lief einfach durch den Kreis an Beschützern hindurch, den Ilhan, Said, Benjamin und noch andere bildeten. Sie musste wissen, was in Aysel vor sich ging, sie konnte auch eine Botin zu ihr, sie konnte überhaupt der Schlüssel sein, den schützenden Ring zu brechen. Doch wie sollte er auf sie zugehen? Bei jedem Gespräch hätte er den bösen Verdacht geweckt, dass es um Aysel ging, hätte man die heimliche Liebe erahnen können. Niemand durfte sie zusammen sehen, und das war nicht einfach in einer vollen Schule. Und selbst wenn es klappen sollte, wusste er auch bei Helena nicht, ob er ihr wirklich trauen konnte. Doch was blieb ihm übrig? Er musste mit jemandem sprechen, der mehr wusste als seine Freunde.

In dieser Zeit fiel ihm auf, dass Helena nach der Sportstunde meist als Letzte besonders langsam mit einer Freundin den kleinen Weg von der Halle heruntertrottete. Er konnte Volkan überreden, die Freundin unter einem Vorwand direkt an der Halle abzufangen und damit sicherzustellen, dass Helena alleine war. So stand er an diesem schon fast sonnigen Tag im späten Winter auf einem kleinen Weg zwischen der Betonwand der langen Turnhalle und einer niedrigen Hecke. Erst lehnte er sich an die Wand und winkelte eines seiner Beine an, als sei dies hier sein Revier und als sei er durchaus berechtigt, mal ein paar Fragen zu stellen. Doch dann kam ihm das dämlich vor, wie in einem alten Western, und er versteckte sich lieber ein wenig albern hinter einer Laterne und spielte an seinem Handy herum. Immer wieder blickte er verstohlen den Weg entlang. Es war große Pause und obwohl man keinen der Unterstufenschüler sah, hallte ihr Geschrei in den Mauern des Schulkomplexes.

Als er das nächste Mal aufblickte, sah er sie gerade um die Ecke biegen. Er nahm sich fest vor, nun nicht mehr ständig aufzuschauen, doch tat es fast sekündlich, und je näher sie kam, umso mehr bildete er sich ein, einen fragenden, ja genervten Blick in ihrem Gesicht zu erkennen. Erst da wurde ihm klar, dass er keine Ahnung hatte, was er sagen sollte. Wäre es besser, sich gleich zu offenbaren, oder war es geschickter, sich an das Thema heranzutasten? Sie kam näher und näher und während er krampfhaft überlegte, wirkte das Geschrei auf dem Schulhof weit lauter als zuvor. Aus Angst, sie könnte einfach vorbeigehen, wechselte er ruckartig seine Position und verstellte ihr ungeschickt den Weg. Wieder blickte er geschäftig von seinem Handy auf, nun waren es nur noch wenige Meter. Fast panisch drückte er weiter auf dem Telefon herum, klickte durch das Menü, ein paar ADAC-Nummern und den Börsendienst, sah kurz in seinen leeren Kalender und landete wahllos bei unzähligen Lautstärkeoptionen von Tasten, Ruftönen, von SMS und Weckrufen. Aus den Augenwinkeln sah er ihre Beine genau vor sich stehen, wusste noch immer nichts zu sagen, klickte einfach weiter, bis endlich ein leises »Hallo« von ihrer Seite ertönte. Er sah auf und blickte in verständnisvolle Augen. Außer einer zeitlich verzögerten Erwiderung bekam er nichts zustande und mühte sich dabei, sein Handy in die sperrig dünne Hosentasche zu schieben.

»Klar sprechen wir noch miteinander.« Verwundert schaute er in Helenas Augen.

»Ich besuche sie sogar ab und an, wir trinken mit ihrer Mutter Tee und sitzen zu zweit in ihrem Zimmer. Wir haben auch über dich gesprochen.« Ihre Augen wie auch ihre Stimme blieben ruhig, doch bei dem letzten Satz musste Alex zu Boden schauen. Erst jetzt entdeckte er neben der kleinen Hecke ein Schneeglöckchen, das sich weiß von dem schwammigen Gras abhob. Kurz fragte er sich, wie lange sie überhaupt blühen und warum sie immer wieder so schnell vergehen.

»Es ist traurig, aber sie wird bald heiraten, den Sohn eines Freundes ihres Vaters, er heißt Selim.«

Da war sie nun endlich, die Nachricht, die Alex seit Wochen fürchtete wie nichts auf der Welt. Ihm war, als hätte man ihm auf einen Schlag alle inneren Organe entfernt und als würde er jede Sekunde in sich zusammenfallen. Noch eine kleine Weile schaute er auf die Blume, dann unsicher zu Helena. Die Ruhe in ihren Augen war nicht gewichen und er wunderte sich, wie schnell man Vertrauen zu einem Menschen aufbauen kann. Fast erwartete er etwas Tröstendes von ihr, dass andere Mütter auch schöne Töchter haben oder irgendeinen der Sätze, die man in diesem Land immer schnell bei Liebeskummer sagt. Doch es war kein einfacher Liebeskummer und andere Mütter mochten noch so viele schöne Töchter haben, am Anlass dieses Kummers würde es nichts ändern. Helena sprach mit ruhiger Stimme weiter. Sie erzählte von Aysels Bildern, die sie zurückgezogen in der Kunst-AG malte. Sie seien entweder so düster und bedrückend, dass man sie kaum anschauen konnte, oder so hell und freundlich, dass man kaum glauben konnte, dieses zusammengesunken dasitzende Mädchen habe sie gemalt.

Es klingelte, das Geschrei wurde lauter, vereinzelt rannten Unterstufenschüler mit wild wedelnden Turnbeuteln an ihnen vorbei. Endlich begann Alex ein wenig den Kopf zu schütteln, versuchte etwas Leben in seine Augen zu pressen. Er wollte ihren Blick einfangen. Es war, als wäre er neu in einer fremden Welt, schüchtern fragte er, was man machen könne, erwartete eigentlich keine Antwort und hoffte doch, dass sie genau sagte, was nun zu tun sei. Aber sie schwieg. Ihr Blick veränderte sich nicht, trug noch immer dieselbe Ruhe, aber ihre Augen zeigten, dass auch sie nicht weiterwusste. Es klingelte zum zweiten Mal, beide machten keine Anstalten zu gehen. Er hasste es, wenn Stille und komische Situationen Menschen dazu trieben, sinnlose Sachen zu sagen, und trotzdem fragte er noch einmal, was man machen könne, und endlich bewegte sich etwas in ihrem Gesicht. Obwohl sie nur ein »Ich weiß es nicht« murmelte, zeigten ihre Augen doch, dass sie seiner Meinung war, dass etwas passieren musste, und nicht abgeneigt war, ihm zu helfen. Das allein war weit mehr, als er gehofft hatte.

»Irgendetwas wird es geben und vielleicht kannst du mir helfen, es durchzuziehen«, sagte er und schob noch ein »Was auch immer es sein mag« hinterher. Fast gleichzeitig zwinkerten sie sich zu und verschwanden in Richtung Unterricht.

Ilhan

Nichts, nichts in der Welt konnte aufreibender sein als diese Last. Immer galt es, die Schwester zu schützen, zu überwachen und abzuschirmen. Nie dufte sie alleine sein. Für Said und die Gruppe hatte er jetzt weniger Zeit, was der tatsächlich verstand, ja er ermutigte Ilhan sogar dazu. »Bruder«, sagte er dann zu ihm und sie wussten beide, was sie verband. Selbst Benjamin nickte überzeugt, so wie er immer überzeugt nickte, wenn Said etwas gut fand. Aber die Furcht, dass sich Aysel doch irgendwann, irgendwo mit Alex, mit einem anderen Jungen näherkommen könnte, lag so drückend über ihm, dass er manchmal glaubte, sie würde ihm die Luft abdrücken. Und er spürte, wie sich auf der Gegenseite etwas tat. Alex ging so abweisend und stolz durch die Klassen, dass Ilhan sich immer wieder in Erinnerung rufen musste, wie er diesen Jungen doch unendlich gedemütigt hatte. Dazu schien er sich immer besser mit Volkan und auch mit Helena zu verstehen. Dort bildete sich eine Allianz, das war klar, und Ilhan konnte nichts tun, als ihren ersten Angriff abzuwarten.

Und doch war da plötzlich so viel Nähe zu Emilie, die zu alledem nicht passen wollte. Überhaupt Emilie, immer wieder Emilie, er mühte sich so sehr, die Geschichte locker und cool auf Distanz zu halten, sich nur auf den Moment zu konzentrieren, damit nichts Dauerhaftes entstand. Er mühte sich, alles abgeklärt zu nehmen, was ihm in dieser offenherzig aufreizenden Welt auch zustand. Doch die Wärme brach immer wieder durch wie Sonnenstrahlen nach einer langen, frostigen Nacht. So wohl fühlte er sich im Klang ihres Lachens, so fest konnte er sich in ihren Augen verfangen, wenn sie ihn anstrahlten. Er liebte ihre Nähe, wenn er sie des Nachts an sich heranzog, war immer wieder fasziniert, wie sanft und gut ihr natürlicher Geruch war und dann ihre warme Schulter, ihre Arme, wenn sie ihn umschlossen, da war er fast zu Haus. Und dieses Zuhause, es war beinahe so mächtig wie seine Familie, weit mächtiger als seine Freunde oder der Glaube, auch wenn er von Anfang an wusste, dass er Emilie eines Tages würde verlassen müssen.

Man weiß nicht, warum und wann eine Erinnerung in unser Bewusstsein drängt, es ist zu viel, was dort miteinander ringt, was uns zu immer neuen Gefühlen treibt. Aber Ilhan weiß noch genau, wie er an diesem goldenen Tag an Emilie dachte, während er in der ganz linken Ecke des Schulhofs stand. Dort liefen

Aysel und Helena und wieder waren da ganz andere Gedanken, weil beide so engelrein und schön wirkten. Da war er es fast, der sich dreckig und unrein vorkam. Er, Said, dieser Alex, Volkan, Benjamin und alle, alle Männer, was taten sie, als überall Dinge zu beschmutzen? Was taten sie, als Ehre zu zerstören und immer wieder nur Unreinheit zu bringen? Nur auf diese beiden Mädchen nicht, nicht auf diese Helena mit ihren blonden Locken, nicht auf seine Schwester Aysel. Er würde sie beide, würde auch Emilie fortan, würde alle, die ihm nahestanden, beschützen.

Alexander

Dort gingen sie mit gesenktem Kopf über den Schulhof. Helena blickte wie Aysel in die Ferne, doch während Alexander sie von der rechten Schulhofecke beobachtete, wusste er, was sie sprachen, wusste er, dass Helena ihr schon seinen Brief gegeben haben musste. Nie zuvor war er einem Menschen so dankbar für so eine einfache Tat gewesen.

Aysel,

wir leben in dem Land, in dem die Märchen erdacht wurden. In einem Märchen ist immer alles einfach und klar. Man weiß, was das Gute und was das Böse ist. Wer richtig und wer falsch handelt.

Ich wünschte, ich wüsste das auch. Und doch kommt mir so vieles märchenhaft vor. Das zauberhafte Glitzern im Schnee während unserer Schlittenfahrt, Dein strahlend schwarzes Haar, als Du im Sonnenlicht durch die Halle auf mich zukamst, und natürlich der Kuss zwischen den nächtlichen Mauern am Schloss. Aber du bist nicht Schnee-

wittchen, ich bin kein Prinz, der Dich entführen, der mit Dir fortreiten kann. Wir sind nur zwei verliebte Menschen auf einem Gymnasium. Zwischen uns liegen ein Glaube und eine Welt und nichts ist einfach und klar. Wenn ich mich Dir nähere, riskiere ich, dass es Dir schlecht ergeht. Tue ich es nicht, hieße das, unsere Liebe aufzugeben. Ich weiß nicht, was ich tun soll, Aysel, und ich habe doch das Gefühl, dass es falsch ist nachzugeben. Ich will Dich sehen, weil ich nicht an das Ende unserer Liebe glauben will.

Doch ich weiß auch, dass es Märchen gibt, die nicht sein dürfen. Ich weiß, dass es Etliches in Deiner Welt gibt, was Dich von mir fortzieht, und ich fürchte oft genug, dass das, was wir füreinander fühlen, zu schwach sein wird, das alles zu überwinden. Wenn dem so ist, wenn dem wirklich so sein sollte, dann muss ich es akzeptieren. Aber ich will es nicht von deinem Bruder, deiner Familie, deiner Religion hören. Ich will es von Dir hören. Sag Du mir einmal, dass Du mich nicht liebst, nicht genug, um Dich gegen alle Widerstände, die uns entgegenstehen, durchzusetzen. Und ich schwöre Dir, ich werde weg sein. Ich werde aus Deinem Leben verschwinden, mit jedem Blick, mit jedem Atemzug, mit jedem Gedanken und mit jedem Traum.

Doch solange Du mir das nicht schwörst, werde ich Dich lieben.

Alex

P.S. Ich komme morgen in der zweiten großen Pause zum Biologieteich, vielleicht Du auch?

Die Nacht verging anders als so viele zuvor, so anders, als normale Nächte vergehen. Ja, es war dunkel und auch so bitterkalt draußen und trotzdem saß er die meiste Zeit am geöffneten Fenster und lauschte in die Geräusche der leise schlafenden Stadt. Und als dann der Morgen kam und er sich nach kurzem Schlaf aus seinem Bett erhob, ging er so bedächtig und fest, als wäre er in der Dunkelheit erwachsen geworden, als begänne erst jetzt sein richtiges Leben. Die Stunden bis zur zweiten Pause wurden von der Furcht bestimmt, sie könne nicht kommen, von freudiger Erwartung, was wäre, wenn sie käme, und er ärgerte sich dutzende Male, nicht die erste Pause genommen zu haben. Und als die zweite Pause endlich kam, übermannte ihn eine unendlich große Unsicherheit. Er ging zwar schnellen Schrittes zu dem Biologieteich, doch mit einem Mal ließ ihn etwas stocken.

Auch in dieser Nacht auf dem Teppich fragt er sich noch, was es war, das ihn hinderte, gleich zu ihr zu gehen. Als sie dort tatsächlich an dem kleinen See stand, wirkte sie so abweisend und fern, wirkte sie zugleich so vertraut, als hätten sie schon das ganze Leben miteinander verbracht. Natürlich trug sie das Kopftuch fest gebunden, doch das war es nicht, was ihn zögern ließ. Vielleicht war es wirklich die Angst, abgewiesen zu werden, vielleicht die Aufregung und Scheu, die jeder Junge verspürt, der sich einem Mädchen nähert, das er heimlich liebt? Oder wollte er den Augenblick einfach nur halten, weil alles Zauberhafte, das er mit ihr durchlebte, immer wieder viel zu schnell verflog? Was es auch war, heute verfluchte er sich für diesen zögerlichen Moment, verfluchte er sich tausendmal. Dabei kann er nicht lange gewesen sein, er sah Helena irgendwo am Rande stehen und Wache halten, glaubte da noch jemanden zu bemerken, doch dann galt all seine Aufmerksamkeit ihr und mit scheuem, verschämtem Schritt ging er auf sie zu.

»Hallo Aysel«, sagte er sacht, sie drehte sich um und wieder waren sie ihm ganz nah, die tiefsten Augen dieser Welt.

Ilhan

Dann kam der Tag, als er lässig auf einer Mauer vor der Schule saß. Es war die Zeit, als man noch fror, obwohl es schon wärmer und wärmer wurde. Viel wärmer, als es noch vor wenigen Wochen war, und immer vertrauter fühlte es sich an, Emilie Kussmünder zu schicken und sie in Worten zu liebkosen, ja, er glaubte gar immer mehr, tatsächlich etwas für sie zu empfinden.

Auf einmal erschien ein neues Chatfenster. Saids treudoofer Gefolgsmann Benjamin schrieb und Ilhan hätte es am liebsten ignoriert und weggeklickt, doch als er die Nachricht las, erschrak er.

»Hey, deine Schwester trifft sich wieder mit diesem Alex am Biologieteich!«

War er in diesem Moment wütend? Für eine Sekunde taucht die Frage aus dem fließenden Strom seiner Erinnerung. War er nur verdutzt? Enttäuscht vielleicht? Von Aysel, dass sie es tat, obwohl er ihr doch genau erklärt hatte, was die Nähe zu diesem Jungen bedeutet, für ihn und die ganze Familie? Von Yasin, der eigentlich auf sie hätte achten sollen? Ja, etwas zerbrach in diesem Moment. Ein Stück des Glaubens, Aysel würde von selbst zur Vernunft kommen und sich anständig benehmen. Ein Stück des Vertrauens, dass Yasin ihm am Ende wirklich helfen würde. Vielleicht gar ein Stück der Hoffnung auf ein Leben zwischen den Welten, in dem man sich ruhig und friedlich aus dem Besten von allem bedienen kann. Dennoch, und darüber wundert er sich noch heute, schrieb er noch an Emilie, dass er jetzt losmüsse und sie lieb habe, bevor er von der Mauer sprang und in Richtung Schulhof raste.

Alexander

»Bir varmiş, bir yokmuş, evvel zaman içinde.« Aysel sprach ganz sacht, ja flüsterte fast und lächelte dabei. »Es war einmal, und es war keinmal in früheren Zeiten. So fangen bei uns die Märchen an.«

Alex spürte, wie ihm warm wurde, und da spürte er auch den Mut, schon jetzt gleich die Frage zu stellen, die ihn am meisten bewegte.

»Wirst du es sagen?« Sie zögerte, zögerte und zögerte noch und seine Knie begannen zu zittern. Der Moment zog sich und er brauchte einige Augenblicke zu verstehen.

»Du kannst es nicht«, erklang die eigene Stimme dann ruhig und hoffnungsfroh. »Kannst es genauso wenig, wie ich es zu dir sagen könnte.« Einen sachten Schritt tat er auf sie zu, noch einen, war schon genau vor ihr und breitete seine Arme aus, sie zu umschließen. Doch dann …

Er schaut erneut auf zu den Sternen über dem Versteck, die dort oben wieder hell und klar erstrahlen, und fragt sich, ob er sie damals berührte. Ob wenigstens seine Fingerspitzen den Stoff ihres Mantels spürten, bevor sie weggerissen wurde. Denn mit einem Mal stand Ilhan zwischen ihnen und seine Arme waren es, die um Aysel lagen.

»Was geht hier denn ab?«, brüllte er vorwurfsvoll und es war nicht klar, wen er mit seiner Frage meinte. Er schien drauf und dran, Aysel zu schütteln und wegzuzerren und Alexander war drauf und dran, sich auf ihn zu stürzen, auch wenn Aysel es sah. Doch dann war da auf einmal Helena, warf sich zwischen Ilhan und Aysel, hielt sie beide am Arm. Plötzlich tauchte Benjamin auf und stellte sich dicht zu Ilhan. Und es kam Volkan, der sich direkt neben Helena platzierte. Alles wurde zu einem unübersichtlichen, ruppigen Durcheinander. Doch aus diesem schnellen Gerangel, von dem man hätte meinen können, dass nun alle schreiend übereinander herfallen, entstand nichts als eine erbarmungslose Stille, in der sich niemand bewegte. Alle blickten sich schweigend in die Augen. Alex sah zu Benjamin, sandte einen flehenden Blick zu Aysel und einen zornigen zu Ilhan, hoffend, dass sich dieser in seiner Seele festsetzen würde.

Immer wieder fragt sich Alexander seitdem, warum niemand etwas sagte. Benjamin nicht, nicht Volkan, nicht Helena, nicht Ilhan oder er selbst, vor allem nicht Aysel, die mit einem Satz hätte alles auflösen können. Warum dieses Schweigen in ihrer Wut, denn wütend, so hofft er noch heute, musste sie doch gewesen sein? Aber vielleicht war es gerade von ihr zu viel verlangt, etwas zu sagen, vielleicht zu viel von allen anderen, außer von ihm selbst, dessen Liebe ja der Grund für all das war. Vielleicht war es natürlich, dass niemand etwas sagte, weil alles schon längst ausgesprochen war. Vielleicht gab es auch gar nichts zu sagen, weil alles Wahre unaussprechlich war. Und vielleicht waren diese enttäuschten, diese flehenden, zornigen und vor allem all diese suchenden Blicke das Ehrlichste, was es zu sagen gab. Und in dieser Stille gefror Alexanders Blut, er wurde kalt und kälter, und er weiß nicht, was passiert wäre, wenn nicht mit einem Mal die Schulglocke alles mit ihrem schrillen Läuten beendet hätte. So liefen sie in ihre Klassen, setzten sich an ihre Plätze und noch einmal mehr war gar nichts klar. Noch einmal mehr fühlte er sich hilflos und unendlich verloren, im Durcheinander unserer Zeit.

Ilhan

Wieder saßen sie zusammen, Baba, Yasin und er, wieder erzählte Ilhan, was er wusste, was er erleben musste, doch diesmal ging alles ruhiger, fast geräuschlos vonstatten. Schnell war die Entscheidung gefasst, Aysel müsse die Schule verlassen, schnell auch sollte alles mit Selims Familie geklärt und Aysel seine Frau werden. Baba sprach mit Anne, die ein wenig schluchzte, dann aber nickte, weil sie verstand. Doch als Aysel dann später heimkam, die Eltern schon im Wohnzimmer warteten, hielt Ilhan diese Schnelligkeit, diese Geräuschlosigkeit nicht mehr aus. Er schnappte seine Jacke und floh auf die Straße. Es war klar, dass er zu ihr gehen würde, schon im Treppenhaus kam ihm dieser Gedanke als rettender Ast aus dem wahnhaften Rausch der Panik. Und als er in Emilies Armen lag, wurde sein Herzschlag wirklich ruhiger und das Verschwommene vor seinen Augen klärte sich, sodass nur eine Frage blieb. Was hatte sie so zerrissen, was hat seine einst friedliche Familie so zerstört und was besaß Emilie, all den Ärger zu vertreiben?

Die Wochen flogen dahin, sie waren von Schrecken geprägt. Für Ilhan waren sie zugleich wundervoll. Aysel musste ab jetzt zu Haus bleiben, stets von Anne und Cousinen bewacht. Ilhan sah jetzt Emilie viel freier, in den Pausen, nach der Schule, überhaupt immer dann, wenn er nur konnte. In dieser Zeit war es auch, dass Emilie ihn ihren Eltern vorstellte, er drängte sie nicht dazu, doch er bremste auch nicht, obwohl er wusste, dass dies alles vorübergehend sein musste. Egal was noch passieren sollte.

Alexander

Kann eine Erinnerung vor unserem Auge verschwimmen? Kann sie immer schwächer werden, bis wir sie verlieren, auch wenn wir uns noch so mühen, sie zu halten? Da ist dieses Bild von dem Tag, als Volkan ihm aufgeregt erzählte, Aysel würde bald nicht mehr in die Schule kommen. Helena wusste noch genauer, sie säße jetzt schon beim Direktor, um ihren Abgang festzumachen. Verdruckst wartete er vor dem Zimmer und wirklich kam die Familie heraus. Rechts der Vater, links die Mutter, dazwischen sie, mit gesenktem Kopf, den Blick starr auf den Linoleumboden gerichtet. Dieses Bild, beschwor er die nächsten Wochen krampfhaft immer wieder herauf, weil er meinte, er müsse es als letzten Abdruck von ihr behalten, doch es zerfloss zunehmend, bis nur noch das Tuch und ihr weiter Rock zu bleiben schien.

Natürlich bat er Helena und Volkan, mit ihm abends wegzugehen. Wen sonst hätte er fragen sollen und wo hätte man eine verlorene Liebe besser beweinen können als in verwinkelten Gassen der Altstadt, wo einst die größten Lieben erdacht wurden. So zogen sie von Kneipe zu Kneipe, bis überall die Lichter angingen und es nirgends mehr etwas gab. Und auch dann liefen sie immer weiter durch die Gassen, immerfort den Neckar entlang, bis sie an dem alten Wehrsteg standen, unter dem das Wasser tosend in die Tiefe stürzte.

»Es ist gemein, weil ihr keine Chance hattet, weil alles genau so von Anfang an feststand«, sagte Volkan leise, als sie die Treppen erklommen, dann sagten sie eine Weile nichts. Auf der Mitte des Stegs, als sie in das weiße Schäumen des Wassers blickten, keimte auf einmal etwas wie Hoffnung in Alexander auf.

»Ist das schon die Morgendämmerung?« Helena hatte die Augen geschlossen. Doch wirklich schien sich ein leichter Lichtschweif über das Land zu legen und sie blickten in den Horizont.

»Es ist das erste Licht des Tages«, murmelte Volkan verträumt. Dann sah er direkt zu Alexander.

»Alex, ich verspreche dir, dass ich euch helfen werde.«

»Ich auch«, Helenas Augen waren noch immer verschlossen, Alex fasste wieder etwas Mut.

»Ja, lasst es uns noch einmal versuchen. Wir wollen uns nicht unterkriegen lassen. Von keiner Drohung und von keiner Gewalt.«

»Ja, das wollen wir nicht«, sagte Volkan dann leise. »Lasst uns schwören, dass wir alles tun wollen, dass diese Liebe eine Chance haben wird. Dass wir nicht akzeptieren werden, dass eine Liebe verboten wird, von niemandem, egal, wie selbstsicher und fromm derjenige tut.«

Alexander lächelt noch heute über den Schwur der Freunde und schaut erneut zu den Sternen, die noch heller zu strahlen scheinen als zuvor. Für Sekunden hält seine Erinnerung inne und er tut nichts anderes, als Aysels Atem zu lauschen.

Und dann kam eine Zeit, die in zäher Trance dahinfloss. Waren es wenige Tage, waren es Wochen? Wieder durfte es keine direkte Nachricht geben, die hätte abgefangen werden, die Aysel in eine noch tiefere Katastrophe hätte stürzen können. So bettelte Helena, rief von Mal zu Mal auf ihrem Festnetz an, redete mit Vater und Mutter, bat, nur einmal kurz mit ihr sprechen zu dürfen. Sie tat es für Aysel, tat es für sich selbst, doch tat es auch für Alex. Und wirklich wurde die Familie langsam weich, Helena durfte ihre Freundin ab und an besuchen. Stets waren sie bewacht, buken mit der Mutter, tranken schwarzen Tee mit Cousinen und stets galt es zu tun, als sei alles normal. Und die Planungen zur Hochzeit mit Selim schritten fieberhaft voran und erfüllten die ganze Familie. Als Alex davon hörte, glaubte er, im Boden zu versinken, und auch Volkan war kreidebleich. So sollte es enden? Sie heiratet einfach einen anderen, den sie nicht liebt? Einen kleinen Scheißer aus dem Ruhrpott, der sie nicht liebt, der wahrscheinlich genauso rumhurt wie Ilhan und dann auf seine Jungfrau wartet? Ein solcher sollte diese tiefen Augen, dieses scheue Lächeln, diesen ganzen, unendlich tollen Menschen Aysel Kaya einfach so bekommen? Ohne Eroberung, ohne Anstrengung, ohne irgendetwas zu haben als das, was sie den richtigen Glauben nennen.

Alexander starrte auf den hölzernen Nachttisch in seinem Zimmer, bis er mit einem Mal heftig dagegentrat, dass sein Fuß gellend schmerzte und der Tisch krachend gegen das Bett flog, auf dem Volkan saß. Eine rasende Wut wuchs aus der Unordnung seiner Gefühle, die sich schmerzlich in ihm staute und kein Ventil fand. Es wurde rot, wurde roter vor seinen Augen, er wollte losstürmen, doch konnte nirgendwo hin. Volkan hielt ihn fest und hatte recht. Noch war es zu früh, zu früh für den Sturm und für die Wut. Noch musste er sie hegen und anstauen. Im richtigen Moment, so hoffte er, würde er diese furchtbare Wut in Kraft verwandeln können. Doch noch musste er ruhig bleiben.

Und wirklich, auf einem ihrer letzten Besuche, bevor sie endgültig von Yasin und dem Vater aus der fremden Wohnung verbannt wurde, erhielt Helena die Information, die sie entscheidend voranbringen sollte. Aysels Familie ging fast jeden Sonntag entlang des Philosophenwegs spazieren und an diesem einen Sonntag wurde für den Spaziergang wichtiger Besuch erwartet. Selim, dieser fremde, Furcht einflößende Selim sollte kommen, den sich Alexander in immer schlimmeren, stärkeren Farben ausmalte. Doch er würde sich ihm stellen und ihm Aysel entreißen.

Helena durfte sie nicht mehr besuchen, doch sie hatte noch eine Jeansjacke von Aysel. Sie wussten nicht, ob die Taschen durchsucht werden würden, und so befestigten sie einen Zettel mit einer Sicherheitsnadel im inneren rechten Ärmel. Volkan wollte den Text schreiben, doch Alex bestand darauf, dass er es war, dass es seine Schrift sein sollte, die sie lesen würde. Der Zettel war dünn und klein und leicht, doch sie würde ihn bemerken und die wenigen Worte lesen: »Nächsten Sonntag – halt dich hinten.«

FRÜHLING

Ilhan

Es war schon März und die ersten Sonnentage durchbrachen die kalte, verregnete Tristesse des weichenden Winters. Selim und Aysel waren noch nicht warm miteinander geworden. Ende August sollte die Hochzeit stattfinden und auf beiden Seiten begann man sich Sorgen zu machen. Vor allem Ilhans Familie zitterte. Sie wussten nicht, wie viel man über die Gerüchte von Aysel und dem Deutschen erzählte, und sie trauten sich nicht zu fragen, um keine schlafenden Hunde zu wecken. Sicherlich hatte Selims Familie keine Ahnung, das wäre zur Sprache gekommen. Doch was immer an Gerüchten in der Welt war, ein Scheitern der Verbindung mit Selim würde alle Zweifel an Aysels Anstand und der Ehre der Familie erneut aufflammen lassen. Diese Verbindung musste funktionieren. Wieder hatte man Selims Familie aus dem grauen Pott im Norden eingeladen und ein langer Spaziergang entlang des Philosophenweges sollte das Eis brechen und eine kleine Knospe entstehen lassen. Die Familie lief fast jeden Sonntag auf diesem Weg, so war es heimisches Terrain und die möglichen Wendungen des Nachmittages besser zu steuern. Ilhan nahm sich vor, immer zuvorkommend, stets nett zu sein. Seine Familie sollte gut und anständig aussehen, und was immer er dazu beitragen konnte, wollte er tun.

Selims Vater, noch immer schüchtern, lief ganz vorne mit Baba, dessen stolze Stimme durch den Wald hallte. Ein Stück dahinter liefen Yasin und er, weitgehend schweigend, noch dahinter Anne und Selims Mutter. In einigen Momenten lachten sie und Anne verstand es, über die gesamte Zeit ein Gespräch aufrechtzuerhalten. Ganz hinten, immer wieder aus dem Blickfeld verschwindend, mussten sich Aysel und Selim befinden. Niemand wusste, ob und was sie sprachen. Doch ihnen und allem, was sich zwischen ihnen entwickeln möge, galt jeder Gedanke, galt jeder Wunsch der ganzen Gruppe.

Alexander

Nichts in diesem Land erscheint mächtiger als sein Wald. Die Bäume waren noch kahl, der Boden modrig, und weder sah man Insekten, noch hörte man die Vögel singen. Doch der Himmel an jenem Tag war strahlend blau und zum ersten Mal in dem jungen Jahr war die Luft warm genug, dass man tief einatmen konnte. Man roch das Holz, roch das Wasser und die Erde. Hier im Wald, wenn überhaupt irgendwo in Deutschland, konnte man sich vorstellen, wirklich frei und nicht von Menschenmassen umgeben zu sein.

Dort gingen sie friedlich im Tal. Alex sah das helle Leuchten ihrer weißen Kopftücher, hörte die dumpfen Stimmen der Männer und die gedämpften Sätze der Frauen. Er stand oberhalb des Weges an einen hellen Baumstamm gelehnt und wartete. Der Abstand in der Gruppe wuchs und immer weiter zurückgefallen erblickte er ein einsames Kopftuch, das bedächtig neben einem männlichen Begleiter schritt. Ohne genauer hinzusehen, wusste er sofort, dass dieser Junge es war, der seine große Liebe einmal heiraten sollte.

Es gibt keine guten Helden, das wusste er. Um ein wirklicher Held zu sein, würde man Menschen verletzen müssen, um zum Guten zu gelangen. Und das Letzte, womit sich ein Held beschäftigen kann, sind Ängste. Noch einmal überblickte er die gesamte Gruppe, ruhig wartete er, dann stob er den Hang hinab. Auf der halben Strecke zu dem Weg hörte er die Geräusche einer anderen Person, die aus einer Kuhle hervorsprang und mit ihm möglichst lautlos nach unten lief. Flink löste Volkan einen alten, an einem Tau befestigten Baumstamm, der noch allerlei sperrige Äste trug, ließ ihn an einem Seil Richtung Weg gleiten, wo ihn Alex schnell auffing und auf einem Stumpf ablegte. Volkan sprang auf den Weg, brachte in Windeseile ein kleines Schild an dem Stamm an und sogleich waren beide in einer Kuhle hinter einer großen Buche verschwunden. Alles hatte keine zwanzig Sekunden gedauert.

Ruhig lagen sie da, jede Bewegung konnte sie verraten. Alex war die Anspannung im Blick seines Freundes unerträglich, er schloss die Augenlider und versank im Schwarz, das sich dort bot. Sein Atem ging schnell und er versuchte, ihn möglichst lautlos durch den Mund zu pressen, versuchte, sich auf sein Gehör zu konzentrieren, doch in seinen Ohren rauschte nur sein schneller Pulsschlag. Der unebene Boden drückte gegen seine Brust, aber er roch auch die Erde, und ihr Geruch erinnerte ihn an Kindertage, in denen er oft beim Versteckspiel unter einem Strauch, hinter einer Hecke, einem Zaun oder sonst wo Schutz gesucht hatte, freudig hoffend, man möge ihn nie entdecken. Langsam beruhigte sich sein Atem und endlich hörte er sich nähernde Schritte, die verhaltene Stimme von Selim, der voll schüchterner Begeisterung etwas über seinen Fußballklub erzählte. Die Schritte liefen ruhig fort, ohne dass ein Anhalten, Knacken von Ästen oder das Verschieben eines Stammes zu hören gewesen wäre. Langsam blickte er in Volkans Augen, diesmal wirkten sie ruhiger. Der erste Teil des Plans schien funktioniert zu haben und wirklich, als er seinen Kopf vorsichtig hob, erblickte er, wie das Paar gerade um die Ecke eines nicht besonders breiten Pfades bog. Er zweigte vom Weg ihrer Familien ab und führte sie nun auf geschlängelten Pfaden tiefer ins Neckartal. Die zwei Freunde sprangen auf, klopften sich Rinde und Erde von der Hose und liefen wieder quer den Wald hinunter. In der Mitte des Hanges trennten sie sich. Während Volkan abbog und rasch hinter den Bäumen verschwand, kam Alex hinter einer großen Buche zum Halt, legte sich zwischen Wurzeln und Moos und blickte zwanzig Meter auf den Pfad hinab. Es war der perfekte Ort für einen Hinterhalt. Der Weg spaltete sich und der gangbarere der beiden dünnen Pfade war mit einer kindlichen Holzbarriere von allerlei Ästen versperrt. Sie wirkte armselig und verspielt und wäre keineswegs schwierig zu überwinden gewesen. Doch sie war Hindernis genug für einen Sonntagnachmittagsspaziergang.

Alex dreht sich auf dem weichen Teppich im Versteck auf den Bauch und drückt sich fest gegen den Boden. Ein bisschen Hausstaub steigt in seine Nase, doch er spürt es kaum. So lag er damals in einer kühlen Kuhle auf dem Hang über der Stelle und es ist ihm, als röche er wieder die braune Erde und das grüne Moos. Wie damals atmet er tief ein und schließt die Augen. Hatte er erst ihre Stimme gehört oder die von Selim?

Beide klangen schüchtern und scheu wie bei einem Liebespaar, bei dem sich Vertrauen langsam aus aller Vorsicht bildet. Als sie an die Abzweigung kamen, blieben sie ratlos stehen. Da war der kleine versperrte Weg, den ihre Familien sicher nicht gegangen waren, und daneben nur dieser schmale Pfad, in den Äste und Wurzeln ragten und der immer enger zu werden schien. Auch das konnte eigentlich nicht sein. Unsicher schauten sie sich um und flink drehte sich Alex hinter die Buche, um kein Risiko einzugehen. Er blickte auf, sah, wie die langen, dürren Stämme gegen den Horizont hin- und herschaukelten, hörte das Knarren der Bäume im Wind und es überkam ihn ein kurzes Frösteln. Mit einem Mal hatte der Wald auch für Alexander etwas Bedrohliches, obwohl er der Fallensteller, obwohl er der Böse in diesem Spiel war, der genau wusste, was nun passieren würde. Nun musste Volkan sie losschicken und sicher befanden sie sich gerade hinter der Kurve auf dem einsamen Pfad. Gleich würden sie in die Situation hereinbrechen. Dann hörte er ihr wildes Geschrei und sein erster Impuls war wegzusehen. Er presste sein Gesicht gegen die modrige Rinde.

Auf dem Teppichboden ertappt er sich, wie er das Gleiche tut, und es kommt ihm vor, als höre er die lärmenden Kinderstimmen. Lange konnte er damals den Kopf nicht gegen die Wurzeln gedrückt haben, denn er sieht die zwei Jungs noch genau vor sich, wie sie vom dünnen Weg auf die Abzweigung stürmen. Wie damals blickt er auf, und da in der Zimmerecke nichts als Dunkelheit ist, spinnt sich der Film seiner Erinnerung ohne Unterbrechung vor seinem geistigen Auge fort. Sie waren vielleicht acht, trugen bunte Regenjacken und große Wasserpistolen, die sie wie abgebrühte Soldaten am Anschlag hielten. Einer sah orientalisch aus, mit einem weißen Gesicht und pechschwarzen Haaren, der andere war farbig, hatte große Augen und kurzes, schwarz gekräuseltes Haar. Sein Grinsen schien besonders weiß und unschuldig.

»Ha, ha«, schrien sie fröhlich und hell, als hätten sie

genau gewusst, dass hinter der Kurve ein Paar stehen würde, das verdutzt in die Mündungen ihrer Wasserpistolen blickt. Aysel schien überrascht und fast ein wenig belustigt, doch in Selims Gesicht bildete sich ein einziges, verlorenes Fragezeichen.

»Ihr kommt hier nicht durch, ihr Feiglinge«, schrie das dunkelhäutige Kind aufgekratzt, als wäre es den ganzen Tag über auf diesen Moment hin aufgeheizt worden.

»Ja, das hier ist unser Gebiet, verschwindet oder wir machen euch Beine«, schob der orientalisch aussehende Junge ebenso fröhlich hinterher, und um ihren Anspruch zu verstärken, schoss er mit einem Wasserstrahl eine Linie wenige Zentimeter vor die beiden. Aysel blickte auf den dunklen Strich und begann zu kichern, als wäre sie selbst noch acht und fände schnell in das plötzliche Spiel. Aber Selim schaute verloren. Wenn er auch nicht viel verstand, so sah er doch klar, dass das ein Angriff auf seine Autorität, auf seine Männlichkeit war. Im langsamen Auf und Ab seiner Augen sah man, wie er seine Entfernung zu den Jungen abmaß und überlegte, ob er sie sich einfach greifen könnte. Doch er zögerte, Kinder können sehr flink und unberechenbar sein. Stattdessen schob er ein gequältes Lächeln über sein Gesicht, als könnte er alles durch gekünstelte Fröhlichkeit in einen Witz wandeln. Er setzte an, etwas zu sagen, hob dabei die Arme und bewegte sich leicht auf den schwarzhaarigen Jungen, der näher stand, zu, er grinste bis über die Ohren und setzte mit onkelhafter Stimme an:

»Kommt Kinder, jetzt…« Doch weiter kam er nicht. Mit voller Wucht traf der Wasserstrahl des farbigen Jungen sein breites Grinsen, und als Selim den Kopf schnell zur Seite drehen wollte, lief seine Bewegung nur in den Wasserstrahl des anderen Kindes. Er hatte vielleicht bewusst, vielleicht aus Versehen mit der Fußspitze die Linie überschritten und genau darauf hatten sie gewartet. Während er sich das Wasser aus dem Gesicht wischte, bewegten sich beide Jungen wie bei einer militärischen Übung rückwärts. Dabei schossen sie immer weiter und trafen ihn am Oberkörper, an Armen und Beinen. Dann, als hätten sie das schon dutzend Mal geübt, drehten sie sich um, liefen genau an die Gabelung des schmalen Weges und schrien fast im Gleichtakt »Mit dir Schwächling kann man wirklich alles machen«, und schossen erneut. Nun zeigte sein Gesicht kein Grinsen mehr, kein Verständnis und keine dämliche Verwunderung. Es verfärbte sich in ein wutentbranntes Rot und er lief schnaubend auf sie los. Sie drehten sich flink, begannen ebenfalls zu rennen und mit einem Mal waren alle drei hinter der Biegung verschwunden.

Ilhan

Wieder kommt der Zug in einem der nicht enden wollenden Provinzbahnhöfe zum Halt. Vor den Fenstern bewegt sich nichts, man sieht nur die gepflegte Fassade eines Wohnhauses und hört das entfernte Rauschen einer Schnellstraße. Ilhan versinkt zurück in seine Erinnerungen, versucht, sich auf jenen Sonntag zu konzentrieren, doch wieder scheint alles zu verschwimmen. Hatte er einen Schrei gehört und war er der Held, der sich am schnellsten umdrehte und zu Aysel und Selim rannte? Oder war es nur eine komische Ahnung, die ihn sich umdrehen und nach hinten laufen ließ? So schnell und unerwartet, dass es auf die anderen komisch gewirkt haben musste.

Moder und Dreck spien hinter ihm auf, als er den Weg hinunterlief, erst um eine Kurve, dann vorbei an den Frauen, vorbei an einer weiteren Biegung, ohne dass er jemanden sah. Erst jetzt merkte er, wie unvorsichtig weit sie sich voneinander entfernt hatten. Dann kam er zu einem umgefallenen Baumstamm, der direkt den Weg versperrte und der eben noch nicht da gewesen war. Schnell war er über den Stamm geklettert, als er ein amtliches Schild daran bemerkte, »Durchgang gesperrt«, und eine kleine Abzweigung in eine ganz andere Richtung sah. Er rannte den kleinen Pfad entlang, er war enger, man konnte kaum nebeneinander laufen und durch die vielen Kurven fiel es schwer, den Weg zu überblicken. An einem Baum sah er mit Klarsichtfolie befestigtes weißes Papier, das das Schloss zeigte, und ein paar Meter weiter sah er einen ähnlichen Ausdruck, auf dem nur ein Schlitten abgebildet war. Eine dunkle Ahnung durchfuhr ihn und er beschleunigte seine ohnehin schon schnellen Schritte.

Alexander

Alexander wusste genau, was nun passieren würde. Die beiden Verfolgten würden rasant unter den meisten Ästen hindurchlaufen, sich dabei immer wieder umdrehen und Selim mit Wasser beschießen, damit er ihnen auf jeden Fall folgte. Nach der dritten Kurve würden sie sich in sichere Arme begeben. Denn dort, auf einer alten, modrigen Holzbank im Nirgendwo, saß Helena. Sie war leicht älter geschminkt, trug ein Kopftuch und blickte durch eine fast zugewachsene Aussicht ins Tal. Vor ihr lag eine grüne Decke mit ein paar Spielsachen und Schutz suchend an sie herangeschmiegt würden die beiden Jungs stehen und abwechselnd Anne und Mama wimmern. Sie wird erschrocken, halb tadelnd aufblicken, wenn sie Selim sieht, und nur das Ziel haben, ihn anzublaffen, keine Schuld zuzugeben und ihn möglichst lange hinzuhalten.

Doch was immer sich hinter dieser Abzweigung mit den sperrigen Ästen abspielte, war nun egal. Wichtig war nur, was hier geschah. Hier war das Epizentrum dieses Konflikts, der jede Wendung in den Weiten dort draußen zur Beiläufigkeit schrumpfen ließ. Wieder stob Alex den Hang hinab, nahm für Sekunden nur seinen gehetzten Atem und das Knacken der Äste wahr und fiel fast auf die Abzweigung. Er schlug sich Rinde und Erde von der Hose, blickte auf und sah direkt in ihre Augen. Er hätte erwartet, dass sie sich panisch umschaut, dass sie erschrocken, wenigstens überrascht war, ihn zu sehen. Doch ihr Blick blieb ganz ruhig, als gehörte es zu sonntäglichen Spaziergängen, dass man von durchgedrehten Kindern mit Wasserpistolen überfallen wird und dass hoffnungslos Verliebte aus Büschen fallen. Sie lächelte nicht einmal, stand nur da und schien darauf zu warten, dass er etwas sagte.

Ein »Wie geht es dir?« kroch über seine Lippen, und erst da wurde ihm bewusst, wie sehr ihn diese Frage die vergangenen Wochen umgetrieben hatte.

»So lala, ich darf nicht mehr raus. Ich vermisse die Schule und die Menschen.«

»Hab ich gehört. Und ich soll dich von Helena grüßen, sie ist ganz in der Nähe, muss aber unseren Bräutigam verwirren.« Obwohl er außer Atem war und die Zeit drängte, versuchte auch er ruhig zu sprechen. Sie lachte leise auf und er freute sich daran. Mit der Faust stupste er leicht gegen ihre Schulter.

»Es ist schön, dich noch mal zu sehen«, sagte er dann, doch als sie beide diesen Satz weiterdachten, blickten sie gleichzeitig zur Erde und schwiegen einen Moment.

»Wir können nur kurz sprechen«, begann er von Neuem mit ernsterer Stimme, die der Situation besser gewachsen schien.

»Was wir dir sagen wollen, Helena, Volkan, ich und viele andere von deinen Freunden, mit denen Helena gesprochen hat«, er atmete kurz ein, als müsse er einen kleinen Anlauf zu dem Satz nehmen. Dann fuhr er in einem anderen, viel hektischeren Tonfall fort.

»Es muss nicht so passieren, wie es passieren soll. Wir alle halten zu dir, wenn du dich entziehst, wenn du vor der Hochzeit fliehst und eine Weile nicht zu Hause wohnst. Das mag jetzt albern klingen, aber es ist doch ernst gemeint.« Wieder stockte er und wunderte sich, dass sie keine Anstalten machte, sich umzudrehen, um zu sehen, was eigentlich bei Selim passierte. Dann sprach er schnell weiter, als hätte er Angst, dass ihr dieser Gedanke erst kommen könnte.

»Wir haben eine Flucht vorbereitet, wenn du weg willst, werde ich mitkommen und Helena, Yasemin, Volkan … alle werden uns helfen. Ich werde am Samstag in zwei Wochen am Schillerdenkmal im kleinen Park bei euch um die Ecke sein, werde warten, egal, was du jetzt sagst, und am liebsten ist mir, du sagst nichts. Ich werde da sein und auf dich warten.«

Er suchte eine Reaktion, doch ihr Gesicht blieb unverändert. Erst langsam machte sich darin so etwas wie Ratlosigkeit breit. Doch welche Zweifel oder Gefühle sich auch in ihr bildeten, er musste weitersprechen. Die Zeit rannte davon.

»Aber, und das hat Helena vor allem gesagt, sie halten genauso zu dir, wenn du bei ihm bleibst, wenn du heiratest und wegziehst. Sie werden gnadenlos bei ihm betteln, werden durch ganz Deutschland und sonst wohin fahren, um dich zu sehen. Sie bleiben deine Freundinnen, sind für dich da, egal, was passiert.«

Diesmal lächelte Aysel und in das Lächeln hinein hörte er einen Kuckuck dreimal rufen. Volkan gab ihm das Zeichen, dass Selim Helena stehen gelassen hatte und wieder auf dem Rückweg war.

»Und ich werde das Gleiche versuchen. Wer weiß, wie das alles wird. Wer weiß, ob du dann noch fremde Männer sehen oder mit ihnen schreiben darfst? Aber egal was passiert, wir werden uns sicher nicht aus dem Leben verlieren.« Nun erklang der Kuckuck nur noch einmal. Selim war nur eine Biegung von ihnen entfernt. Ohne auf eine weitere Reaktion oder sonst irgendetwas zu achten, nahm er ihren Kopf in seine Hände und küsste sie sacht auf den Mund. Keine Sekunde später war er den Hang ein Stück hinuntergesprungen und verschwand halb rennend, halb rutschend im Gebüsch, immer weiter Richtung Neckar hinunter.

Ilhan

Er lief immer weiter, sprang über hervorstehende Wurzeln und wich Ästen aus, die in den Weg ragten. Nüchtern betrachtet, erschien es unwahrscheinlich, dass sie hier entlanggegangen waren. Doch Ilhan war sich sicher, auf der richtigen Spur zu sein. Er fand sie an einer kleinen Abzweigung, wo sie schräg in größerem Abstand zueinander standen und fragend einen Hang hinabblickten, als gäbe es dort etwas zu sehen, und wirklich schienen weit unten Büsche zu rascheln. Dann erst merkte er, wie verwirrt Selim dreinschaute und dass er durchnässt war, als wäre er eben aus dem Neckar geklettert. Er schaute sie fragend an, machte auf dem Rückweg Anspielungen. Doch keiner der beiden wollte darüber sprechen, was passiert war, und Ilhan fühlte sich nicht in der Position, allzu direkte Fragen zu stellen. So liefen sie einfach zurück zu ihren Familien, als wäre nichts gewesen, und komischerweise gelang es den Eltern beider Seiten schnell, diesen seltsamen Nachmittag zu vergessen.

Viele Abende hatte Ilhan in den kommenden Wochen auf die Schräge über seinem Bett gestarrt und versucht, die merkwürdigen Ereignisse dieses Sonntages zu erklären. Immer wieder hatte er sich neue Konstellationen an Angriffen überlegt, die dort auf seine Familie stattgefunden haben könnten. Von einem Kinderstreich über eine abgewehrte Belästigung von Aysel durch Selim bis zu den aberwitzigsten Aktionen von Alex hatte er alles durchgespielt. Doch es gab so vieles, was nicht zusammenpasste. Was sollten der umgeknickte Baumstamm und das Schild? Warum war Selim nass und was war mit diesen komischen Plakaten an den Bäumen? Am Ende beruhigte er sich mit der Kinderstreichvariante, auf die auch einige Andeutungen Aysels und ein paar später genuschelte Kommentare von Selim hindeuteten. Obwohl viele Fragen offenblieben und weiterhin in seinem Kopf herumspukten, legte er den Fall als halb aufgeklärt zu den Akten. Seine gedanklichen Ressourcen wurden anderweitig benötigt.

Doch heute in diesem Zug ist er sich sicher, dass in dem dunklen, kahlen Wald etwas Schreckliches passiert sein muss und dass niemand anders als Alex, der größte Feind seiner Familie, dahinterstecken kann.

Alexander

In dieser Nacht sollte alles liegen, alle Sehnsüchte nach Gutem konnten heute erfüllt werden oder alle Ängste endgültig wahr.

Er parkte sein Auto in der dunkelsten Ecke eines abgelegenen Parkplatzes, schaltete die Lichter aus, und während Alex dort lange schweigend saß, fühlte er sich fast unsichtbar. Ganz langsam, in Zeitlupe fast, öffnete er die Wagentür. Das Rauschen der dicken Bäume im heftigen Wind, die Schatten, die sie über den spärlich beleuchteten Beton jagten, und die Kälte des sich noch immer aufbäumenden Winters ließen ihn kurz erschauern. Doch heute würde er keine Angst zulassen. Wie wollte er Aysel beruhigen, wenn er sich selbst fürchtete? Als er am Wagen vorbeiging, musste er schon wieder lächeln. Das Trennstück zwischen Rückbank und Kofferraum war heruntergeklappt und auf der vergrößerten Fläche lagen zwei Schlafsäcke, zwei mittelgroße Kissen und mehrere Decken. Unter den umgeklappten Rücksitzen lag eine Tasche mit genügend Wäsche für zwei Wochen, Dosenravioli, tonnenweise Schokolade und andere

Lebensmittel und irgendwo dazwischen gut eingepackt seine gesamten Ersparnisse in drei Dutzend Hunderteuroscheinen. Dazu Nachrichten von Helena, Volkan und Yasemin an Aysel. Drei sauber abgelegte Umschläge, die er ihr am nächsten Morgen feierlich überreichen wollte, sollte die Flucht gelingen. Er selbst war dunkel gekleidet, um in dieser stürmischen Nacht nicht aufzufallen, und dadurch fühlte er sich endgültig als Krieger in einer heiklen Mission.

Er hatte ihr versprochen, ab zehn bei dem Schillerdenkmal zu sein. Jetzt war es halb und wie selbstverständlich legte er sich zwischen eine Rosenhecke und die Statue. Niemand würde ihn hier sehen, niemand hier überhaupt einen Jungen vermuten, erst recht nicht in der geheimen Mission, eine Flucht zu ermöglichen.

Er sah auf die kahle Hecke, ihre unzähligen, dünnen Äste mit den feinen Dornen. Irgendwo dazwischen würden sich bald Rosenblüten bilden und im Licht erstrahlen, auch wenn man sich das in dieser kahlen Düsternis kaum vorstellen konnte. Alle Konzentration verlagerte sich auf sein Gehör und da war es wieder, das getriebene Rauschen der Bäume im Wind, sonst nichts. Und so ersann sein Bewusstsein tausende Bilder, die sich zu Geschichten zusammenfügten. Er stellte sich vor, wie Aysel mit einem gepackten Rucksack von ihren Eltern erwischt wurde, wie ihre Brüder sie bis hierher jagten und sie von ihm Schutz erwarten würde. Er malte sich aus, wie er über sich hinauswächst und sie beide mit schnellen Faustschlägen zu Boden zwingt. Doch Sekunden später schmerzten ihn erneut seine Wunden am Bauch und an den Beinen und er sah Bilder, wie sie es waren, die ihn mit Leichtigkeit niederschlugen, wie sie Aysel packten und nach Hause zerrten. Nein, bevor es so weit kam, würde er sich wehren, solange auch nur eine einzelne Zelle in ihm dazu fähig war. Sollten sie ihn zu blutigem Brei prügeln, sollten sie nichts von ihm übrig lassen, was entfernt an ein Säugetier erinnerte. Aysel würden sie nicht berühren. Sekunden lächelte er zufrieden, doch wieder einige Augenblicke später jagte ihn seine Fantasie zum banalsten und schmerzhaftesten Bild. Es zeigte Aysel in ihrem Zimmer, sie dreht sich kurz in ihrem Bett herum, ein zufriedenes, ja hämisches Grinsen in ihrem Gesicht, und kurze Momente später scheint sie eingeschlafen. Die nächsten Bilder zeigten ihn selbst, wie er nach langen Stunden hinter diesem Gebüsch aufsteht und peinlich berührt den Bürgersteig betritt. In seinem schwarzen, albernen Tarnkostüm läuft er zurück und blickt noch einmal trostlos die verlassene Straße entlang, ob da nicht doch noch jemand kommt. Wie würde es sein, morgen Mittag das Auto umzuräumen? Montag erneut in die Klasse zu gehen, Ilhan zu sehen und so zu tun, als wäre alles normal? Ihn zu sehen und zu hassen und gleichzeitig an seine Schwester zu denken, die er liebt. Wie wäre es, trotz allem nichts tun, nicht einmal etwas sagen zu können? Zu keinem, der ihm noch so nah oder noch so fern ist. Wenn nur Stille bliebe und in der Stille die Verzweiflung immer wilder wucherte und alles, alles erdrückte, bis er sich endlich eingestanden hätte, dass zwischen ihm und diesem Mädchen niemals etwas passieren würde? Doch all diese Gedanken, all die Sorgen und Zweifel musste er unterdrücken. Hier war der verabredete Platz, es konnte keinen besseren Ort für ihn geben. Alles, was er brauchte, war Ruhe und Kraft, und was immer davon sein junger Körper herzugeben imstande war, in dieser Nacht wollte er es mobilisieren. In den entscheidenden Momenten, vor denen er stand, musste er genau das Richtige tun.

Ilhan

Das Böse war noch immer nicht gewichen. Noch immer fühlte er sich aufgerieben, wenn er seine Schwester sah, verspürte einen stechenden Schmerz, der größer und tiefer wurde, wenn er ihren Körper betrachtete und sich vorstellte, dass irgendein Junge ihn sich fast einfach so genommen hatte. Vergangen war auch all seine Sicherheit im Umgang mit fremden Frauen, und selbst bei Emilie kam er sich so schwach, so Hilfe suchend vor. Mit jedem Treffen fühlte er sich mehr wie ein hilfloser Buhler, dem Gnade gewährt wurde. Fühlte er sich unbeholfen und fern, als würde sie ihm entgleiten. So war der Kontakt immer weniger geworden und seit zwei Wochen hatten sie einander nicht geschrieben. Und es war ihm sogar recht, gab es nicht genug, was ihn beschäftigte, genug, was ihm ohnehin entglitt? Doch nun wuchs wieder die Lust, sie zu sehen, sie zu besitzen und für sich zu haben. So hatte er sie erneut angeschrieben und nach einigem Zögern hatte sie eingewilligt, ihn heute Nacht auf einem Spielplatz gleich um die Ecke zu treffen. »Nur um der alten Zeiten willen«, hatte er geschrieben. Doch er konnte sich nicht vorstellen, was sie von diesem Abend erwarten würde, außer dass er wieder irgendeine dunkle Stelle finden wollte und versuchen würde, mit ihr zu schlafen.

Er wählte ein schillerndes Hemd, weiße Turnschuhe, enge Jeans und einen Gürtel mit großer Schnalle, die unter dem engen Hemd umso stärker zum Vorschein kam. Er war zufrieden, doch als er äußerlich ruhig die Straße betrat, wuchsen seine Spannung und seine Aufgewühltheit und er konnte sich nicht vorstellen, dass Emilie allein der Grund dafür war.

Alexander

Und mit einem Mal erklangen ihre schnellen Schritte auf dem sorgsam ausgegossenen Asphalt. Da hörte er schon ihren gehetzten Atem durch die kalte Abendluft, und wie auf ein Angriffssignal nach Stunden der Lethargie unter feindlichem Feuer sprang er auf, durchbrach die Hecke und stürzte auf sie zu. Sie trug keinen Rucksack und hatte ihr Kopftuch so sauber und fest geschnürt, wie sie es sonst nie tat. Als sie ihn sah, erschrak sie fast, und als sie voreinander standen und er trotz allem versuchte, sie lieb anzulächeln, blickte sie ihn nur wie aus einer fernen Welt an. Nicht im Geringsten war er darauf vorbereitet. Er zögerte, beugte sich vor, zögerte erneut, und weil er merkte, dass er etwas sagen musste, brachte er ein halb verschlucktes »Wollten wir heute nicht fliehen?« heraus, das ihm wie der weinerlichste Satz in seinem Leben vorkam. Er spürte, wie er auf nichts als Unentschlossenheit und Feigheit traf, und schlimmer noch fühlte er, wie er nichts als Zögerlichkeit und Schwäche ausstrahlte. Doch er konnte sich nicht davon befreien. So stand er da und wartete, bis aller Zweifel aus ihren Augen verflog, ihr Blick erkaltete und sie mit fester Stimme zu sprechen begann.

»Du weißt nicht, was ich zurücklasse. Du hast deine scheißtolerante Familie, die dir alles verzeiht, die euren Frauen alles verzeiht, die können es mit so vielen sie wollen, die können es mit dem Teufel selbst getrieben haben und sind immer und immer wieder willkommen. Wir können das nicht, wir wollen das nicht und ich bin mir so was von zu schade für eure Werte.« Sie sprach wie eine Revolutionärin, die die Missstände in einem kranken System anprangert und von der Reinheit ihrer Ideen überzeugt ist. Doch mit etwas schwächerer Stimme fuhr sie fort.

»Das ist eine Tür, die für immer und ewig zufällt. Das ist eine Welt, die ich nie wieder betreten kann, und diese Welt ist meine Heimat und meine Familie. Diese Welt ist der größte und mächtigste Teil von mir.« Als könne sie seinen Anblick nicht ertragen, drehte sie sich zur Seite und ging an ihm vorbei die Straße hinab. Dort lag ein kleiner Spielplatz, der in die Mitte des gemütlichen Vorstadtverkehrs gebaut wurde. Von hier aus sah man nur eine Baumgruppe inmitten der geparkten Autos, irgendwo dahinter befanden sich zwei breite Sandkästen und noch dahinter zwei Schaukeln, die um eine große Rutsche aufgestellt waren. Lange Sekunden blickte er ihr nach.

Ilhan

Sie hatten sich an einer Rutsche am Rande des großen Kinderspielplatzes verabredet. Natürlich war sie vor ihm da und lehnte scheu gegen einen der hölzernen Pfeiler, die halbhohen Schuhe ungeschickt im Sand versunken. Ruhig ging er auf sie zu, nahm sie halb in den Arm und küsste sie auf die rechte und linke Wange. Er fand sich gut, souverän und überlegen, doch sie schien abwesend. Wieder musste er an Said denken und fragte sich, ob der Emilie nicht gleich im Sturm für sich eingenommen hätte. Dann setzten sie sich jeder auf eine Schaukel, und während sie stumm vor- und zurückglitten, blickte er auf ihr Profil. Es war trotz ihrer Fülligkeit schön und klar geschnitten und ihr geschminkter Mund schimmerte im leichten Licht, das von einer einsamen Laterne strahlte. Er wusste nicht, ob er, sie oder sie beide sich so sehr verändert hatten, dass es ihm schwerfiel zu glauben, was alles zwischen ihm und diesem Mädchen gewesen war. In diesem Moment war er sich sicher, sie nicht zu lieben, sie nicht in der innigsten Sexualität geliebt zu haben. Aber Momente später auf der Schaukel, als sie dort, die Beine behütet zusammengepresst, saß, und ihr Blick unsicher umherschweifte, spürte er eine unendliche Zuneigung zu diesem Mädchen. Und so entfernt ihm nun die Zeit schien, in der er sie einfach benutzt hatte, so unsicher fühlte er sich mit einem Mal, sich ihr zu nähern. Ein Kuss müsste alles einleiten, aber ein Kuss, so leicht er oft scheint, ist manchmal das Schwerste auf der Welt. So blickte er auf, starrte auf zwei leere Sandkasten und die dunkle Baumgruppe, die sich dahinter erhob.

Alexander

Als er endlich loslief, um ihr zu folgen, war Aysel gerade im Dunkel der Bäume verschwunden. Alexander beschleunigte seine Schritte und fand sie gleich darauf ruhig zwischen den rauschenden Ästen. Sie stand ihm mit dem Rücken zugewandt und ihre offenen Haare flatterten leicht im Wind. Er ging zu ihr, und wie damals auf dem Schloss fanden ihre aufgewühlten Augen zueinander. Vieles war ähnlich, der Wind, die Dunkelheit und die bloße Tatsache, dass sie alleine waren, und hier, genau wie damals, legte sich ein kleiner Zauber über sie. Doch in dieser Nacht ging es um viel mehr als eine Berührung oder einen Kuss. Es ging um eine Flucht und einen Ausbruch in eine neue Welt oder das endgültige Aufgeben einer großen Liebe und ein kleiner Zauber kann sehr schnell verpuffen. Alex fand erneut ihren scheuen Blick. Langsam begann er zu sprechen.

»Nichts auf dieser Welt ist heute Nacht von Bedeutung, Aysel. Nicht deine Brüder, nicht deine Eltern und nichts, was irgendwer empfindet, außer dir und mir. Und ich weiß nicht, was du für Selim fühlst, was dich mit ihm und deiner Familie verbindet, weiß nicht, was, seit wir uns auf der kleinen Waldlichtung das letzte Mal gesehen haben, zwischen euch passiert ist und noch passieren wird …« Er schloss kurz die Augen, um seine Gedanken zu fassen, und wunderte sich selbst, wie klar ihm alles war.

»Aber ich weiß, dass du etwas für mich empfindest und dass dieses Etwas stark genug war, dass du heute weggelaufen bist und unendlich viel zu Hause riskiert hast.« Ihre Augen wurden klarer, während er sprach. Kurz kam ihm die Frage, ob das gut oder schlecht war, er nahm sich jedoch fest vor, sich nicht beirren zu lassen und einfach weiterzusprechen.

»Alles, was ich bin, ist ein verliebter Junge, der vor dir steht und dich bittet, mit ihm zu fliehen. Und in diesem Moment ist es mir wichtiger als alles sonst, von dir zu hören, dass du mich liebst und heute Nacht mit mir kommst.« Er lachte leicht auf.

»Und gleichzeitig, so komisch und schwach das klingen mag, habe ich selbst Angst davor und fürchte mich vor dem, wonach ich mich am meisten sehne.« Tief atmete er ein, dann sprudelte es erneut aus ihm heraus.

»Und wenn das nicht so ist, wenn du nichts für mich empfindest oder deine Liebe einfach nur zu schwach ist, diesen riesigen Sprung zu wagen, bin ich trotzdem nicht umsonst hier. Weil du jetzt weißt, dass ich dich liebe und dass ich trotz aller Angst und heimlicher Furcht mit dir gegangen wäre.« Kurz blickte er auf und war überrascht, dass sie ihn geradewegs ansah. Doch gleich darauf schloss sie die Augen und ging in derselben Ruhe wie zuvor einfach los, ließ ihn wieder stehen und schritt auf die andere Seite der Baumgruppe zu. Er stand da, mit seinen schwarzen, unauffälligen Kleidern und einem ungläubigen Blick inmitten der rauschenden Äste, die auf einmal etwas Kaltes und Fremdartiges an sich hatten. Beim besten Willen wusste er nicht, woher er die Kraft sammeln sollte, ihr erneut zu folgen.

Im Nachhinein, hier auf dem tiefen, warmen Teppich, ist er sich sicher, er wäre nach Hause gefahren, wäre einfach gegangen und diesmal wäre die Welle der Enttäuschung stark genug gewesen, ihm einen Abschied zu ermöglichen. Vielleicht nicht bis zum Ende, vielleicht nicht einmal über die schmerzhaftesten Phasen hinweg, aber so weit, dass eine Umkehr unmöglich ist. Nur darauf kommt es an. Doch in sein Starren hinein drehte sie sich noch einmal um und diesmal lag in ihren Augen alles andere als Ruhe. Im klaren Dunkel ihrer Pupillen war nichts als Sturm, Drangsal und Verzweiflung. Er sah, wie Hoffnung und Verzweiflung miteinander rangen, ohne dass ein Sieger erkennbar war, und er sah, wie Liebe und

Furcht sie antrieben. Und mit einem Mal wusste er, dass all das wegen ihm geschah. Schnell lief er ihr nach, hatte Sekunden später das kleine Wäldchen verlassen, doch sie war verschwunden.

Ilhan

Als er wieder zur Baumgruppe aufsah, glaubte er, dort zwei Menschen zu erkennen. Sogleich fragte er sich, ob sie gerade etwas miteinander hatten und ob sie wohl hübsch war. Vielleicht hatte sie einen Körper wie Helena und irgendwer nahm ihn sich einfach so? Wieder blickte er zu Emilie und ärgerte sich noch mehr, dass er nicht imstande war, etwas zu wagen. In den Monaten zuvor hatte er sie unzählige Male zu sich herangezogen, einfach geküsst, aufs Unflätigste berührt und jedes Mal hatte er dabei die Sicherheit eines unzerstörbaren Kriegers in sich gespürt. Doch nun fühlte er nichts als Lähmung und Schwäche, als würde er in eine verlorene Schlacht ziehen, und es war klar, dass er das alles Aysel zu verdanken hatte. Er sah auf und nieder, blickte immer wieder in das Wäldchen, ohne wirklich etwas zu erkennen, starrte einen langen Atemzug auf eine silberne Verpackung am Rande des Sandes und verfing sich dann vollkommen unvorbereitet in ihrem warmen, doch abwesenden Lächeln. An eine Annäherung war noch immer nicht zu denken und die Vorstellung eines Kusses oder gar Sex in einer dunklen Ecke erschien unendlich fern. Dann bildete er sich ein, dass sein ganzes Dilemma an der trennenden Kette durch die Schaukel liegen könnte. Er wollte Emilie gerade vorschlagen, zu einem der Sandkasten zu laufen, da sah er, dass einer der Schatten aus dem Wäldchen genau das Gleiche tat, und wenige Augenblicke schien die zweite Person ihr zu folgen. Obwohl die beiden sie wahrscheinlich nicht bemerkt hatten und erst recht nichts von seiner Absicht wissen konnten, empfand er ihr Vorpreschen als Angriff auf sein Territorium und überlegte kurz, ob er versuchen sollte, sie zu verjagen. Doch dann entschied er sich anders. Sie saßen dort auf dem äußeren Rand eines Kastens, und wie selbstverständlich nahm Ilhan Emilies Hand und sie setzten sich den Fremden mit dem Rücken zugewandt auf den inneren Rand des Sandkastens einander gegenüber. Auf dem Weg dorthin würdigte er die zwei keines Blickes. Wenn er erst einmal mit Emilie zugange war, würden sie schon von selbst abhauen.

Kaum hatten sie sich gesetzt, drehte er ihren Kopf zu sich, nahm ihn fest in beide Hände und begann sie zu küssen. Doch anstatt wie sonst mitzumachen und seine Annäherungen mit großer Bereitschaft zu erwidern, zögerte sie, zog ihren Kopf zurück und schob behutsam, doch deutlich seine Hände beiseite. Er schaute verwirrt in ihr verlegenes Lächeln. Ganz nah zog sie ihre Beine an den Körper, verschränkte die

Arme über den Knien, stützte den Kopf darauf und schaute abwesend in den grauen Sand.

»Ich will das nicht mehr«, sagte sie leise. Doch es klang entschlossen und fest und sie sah gerade in seine verunsicherten Augen. Kam es ihm bisher so vor, als könne er sie mit Blicken beherrschen, so empfand er ihre festen Augen nun als klare Abwehrfront.

»Wir können uns ja ab und zu treffen und etwas unternehmen«, schob sie ruhig und verbindlich nach und Ilhan wusste nicht, ob er lachen oder weinen sollte. Wäre sie ein neues Mädchen in der Stadt oder eine, die sich bisher nicht mit Jungen getroffen hätte, wäre ihm ihr Satz weniger höhnisch erschienen. Aber nun? Sich mit einem Mädchen, das jeder schon gehabt hatte und das doch mit keinem mehr schläft, abgeben? Doch da war noch etwas anderes, wie eine eiternde Wunde quoll es in ihm auf. Erst schien es winzig und schwach, doch viel zu schnell wuchs es, wurde mächtig und unkontrollierbar. Er sah sich selbst, wie er langsam in die Knie sank und flehte und schrie und gleichzeitig kam ihm nur ein Satz in den Sinn, den er sich nicht zu sagen traute. »Lass mich nicht allein«, und dann, ganz langsam erst, durch viele seltsame Momente der Einsamkeit hindurch, kam wieder der Mann in ihm zum Vorschein, der er sein wollte, der stolz war und wusste, irgendwann würde er eine gute, reine Frau bekommen. Er hatte dieses Mädchen einfach so gehabt, nie würde man ihm das nehmen und nie würde sie ihn erniedrigen können.

»Ja, können wir mal sehen.« Er setzte sich aufrechter, blickte in ihre Augen und sah die Spur der Verletzung, die sich darin fand. Er bereute und genoss sie zugleich und konnte mit keiner der beiden Empfindungen etwas anfangen. Dann spielte er lässig an seiner Uhr herum und versuchte, gelangweilt in den Sand zu schauen. Doch es klappte nicht. Wieder übermannte ihn die Unsicherheit. Er sprang auf, steckte die Hände in die Hosentasche und meinte locker, dass er sie gerne zur Haltestelle begleiten würde. Auf dem Rückweg, als sie fort und seine Show zu Ende war, wurde er vollends von schlechten Gefühlen übermannt. Da war Wut, dass ihm dieses Mädchen einfach so entglitt, da tobte ein verwundeter Stolz und vor allem war da Einsamkeit, die alles andere in einem furchtbaren Sog in die schwarzen Tiefen seiner Seele zog.

Alexander

Dort saß sie, auf dem Rand eines Sandkastens, die Beine angewinkelt, den Kopf und die schwarzen Locken gesenkt und das Gesicht in den Händen vergraben. Er setzte sich zu ihr, vergrub die Hände unter den Knien und sagte nichts. Eine Weile lauschten sie den Autos, die fern und nah vorbeifuhren, und dem stetigen Rauschen der Bäume.

»Wenn Verwandte kommen, steht Anne immer Stunden in der Küche und die ganze Wohnung riecht nach warmem Teig. Ich liebe es, ihr zu helfen, liebe ihre freudige Erwartung auf die Gäste, liebe, wie sie langsam angespannt wird, weil sie fürchtet, etwas geht schief, und ich liebe es so sehr, wie glücklich sie ist, wenn alle froh sind. Die Wohnung füllt sich mit freudigen Gästen und die Älteren fragen mich nach der Schule. Möge Gott deine Hände segnen, sagen sie dann zu Anne, um ihr Essen zu loben, und sie grinst nur ein wenig, aber man sieht so sehr, wie unheimlich es sie freut.«

Langsam bewegten sich ihre flachen Hände über Kreuz, ihre Arme verschränkten sich auf den Knien und ihr bleierner Kopf sank sanft herab, bis er auf ihren Unterarmen zum Ruhen kam. Ihre Stimme passte sich der neuen Körperhaltung an, klang matt und gepresst.

»Ich habe eigentlich nur eine Erinnerung aus der Zeit, als ich klein war, an meinen Vater. Als wir nach Hause kamen, von der Schule oder sonst woher. Immer saß er ruhig auf dem Sofa, blickte uns mit einem warmen, breiten Grinsen über sein ganzes Gesicht an und winkte uns zu sich. Sanft hat er mir den schweren, rosafarbenen Schulranzen abgenommen, mein Prinzesschen, hat er gesagt und mir sacht über den Kopf gestreichelt.« Sie stockte für wenige Sekunden, fuhr dann in unverändertem Ton fort.

»Als die Not am schlimmsten war und ich Nacht für Nacht geweint habe, so sehr, dass es die ganze Familie wusste, da kam er irgendwann mitten in der Nacht zu mir. Er ließ die Flurtür einen Spalt offen, sodass ein kleiner Lichtschein in den Raum fiel. Er kam herein, setzte sich ruhig neben mein Bett und streichelte über meinen Kopf. Mein Prinzesschen, sagte er sanft, mein armes, kleines Prinzesschen. Und in seinen Augen lag kein Zorn, kein Funken von Wut und überhaupt nichts Böses. Alles war weg und ich hätte ihn am liebsten umarmt. Und dann stand er auf, lächelte noch immer und legte einen Pfirsich auf meinen Nachttisch. Er hat mir nie zuvor einfach so etwas gebracht, es war ein Pfirsich des Friedens, so kam es mir vor, und in der Finsternis habe ich mich in meinem Bett aufgesetzt und ihn ganz behutsam gegessen.«

Langsam schob sie den rechten Unterschenkel vor und zurück und türmte einen stetig wachsenden Sandhaufen vor ihrem Fuß auf, der bald mehr in die Breite als in die Höhe wuchs. Alex sah, wie ihr der Sand in die Schuhe rieselte, doch zwang sich, nichts zu sagen und ruhig sitzen zu bleiben. Er blickte zum schwarzen Himmel über der Stadt, blickte in die dunklen Höfe und gespenstischen Bäume am Spielplatzrand und glaubte, dort zwei Schatten entdeckt zu haben. Doch da begann sie erneut, in noch leiserem Ton zu sprechen, und bannte all seine Aufmerksamkeit.

»Es war nicht ein Tag, keine Stunde, war kein einzelnes Gespräch und keine Anweisung. Es waren tausend Wahrheiten, die immer wiederholt und irgendwann selbstverständlich waren. Wenn man mit übereinandergeschlagenen Beinen da saß, wenn Anne peinlich berührt den Fernseher bei Liebesszenen umschaltete, sobald es überhaupt um einen fremden Jungen, sobald es um irgendetwas mit Liebe ging. Es war immer da und doch nie, nie direkt, verstehst du? Anne oder Baba haben nie mit mir über Liebe gesprochen, über das, was nach der Hochzeit passieren soll, was davor auf keinen Fall passieren darf. Aber doch war es immer verboten und doch immer da.« Sie stieß einen hämischen Laut aus, der entfernt an ein

Lachen erinnerte und trotzdem etwas Verzweifeltes in sich trug.

»Es war eine Saat, die tausendmal in mich gepflanzt wurde, die mir unmissverständlich klarmachte, dass man nur etwas wert ist, wenn man anständig und rein ist. Die einem volle Liebe und Aufnahme garantiert, solange man sich an die Regeln hält. Die aber genauso deutlich macht, dass man ehrlos und dreckig ist, sobald man etwas anderes tut, und etwas Dreckiges liebt man nicht, lässt es nicht an sich heran, man meidet es und wird es los.«

Sie brach ab und zum ersten Mal hatte Alex das Gefühl, dass es nun an ihm war, etwas zu sagen. Dass sich gerade etwas in ihr ausbreitete und dass er es mit seinen Worten aufhalten müsste, bevor es sich erneut als Wahrheit in ihrem Bewusstsein festsetzte. Doch ehe ihm ein Gedanke kam, fuhr sie fort.

»Und auch heute, wo ich hier mit dir sitze, nein, überhaupt erst so richtig jetzt, unverschleiert, mitten in der Nacht mit einem fremden Mann. Es ist alles so falsch und du kapierst das nicht einmal.«

Wieder stand sie still auf, doch nun nahm sie ihn bei der Hand und führte ihn langsam in den Lichtkegel einer einsamen Laterne und während sie dort standen, stellte er sich vor, dass dieser Lichtstrahl sie aufnimmt und nach oben in eine bessere Welt trägt. Doch natürlich geschah das nicht. Stattdessen wurden Aysels Augen immer trauriger. Sie blickte ihn still an, hob ihre Hand langsam zu seiner Wange.

»Ich liebe dich, Alex, ich liebe dich, wie ich noch nie einen Jungen geliebt habe, und ich glaube nicht, dass ich jemals wieder jemanden so lieben werde wie dich.« Er stand still, hörte ihre leise dahingesagten Worte, aber bevor sie sich wie ein warmer Schwall über ihn legen, bevor sie ihn wohlig erzittern lassen konnten, fuhr sie mit ebenso ruhiger Stimme fort. Doch was sie nun sagte, ließ den warmen Schwall gefrieren und er zog die Arme eng am Körper zusammen.

»Und ich hasse meine Familie für so vieles, was sie mir die letzten Wochen angetan hat. Und ich empfinde nichts für Selim, was Glück auch nur in die ersten Sekunden einer Ehe tragen kann. Aber Alex, ich werde nicht mit dir kommen, in dieser Nacht nicht und auch sonst nicht.«

Dieser bittere Moment öffnete sich in ein trostloses Nichts hinein und erstreckte sich für einige Augenblicke, in denen sie dort bewegungslos standen. Er suchte ihre gesenkten Augen, doch fand sie nicht. Tausend Gedanken rasten zugleich durch sein überfordertes Bewusstsein und alle schienen zu ihr zu führen und alle von ihr fort. Wieder suchte er ihre Augen. Zu seinem Erstaunen waren sie weit geöffnet und blickten geradeaus. Doch sie schauten nicht auf ihn, sie blickten in die Ferne und was sie sahen, schien sie unheimlich zu erschrecken. Mit einem plötzlichen Ruck wandte Aysel sich ab und rannte los. Aber sie lief nicht die Straße hinab, nicht in die dunklen Bäume, sondern bremste gleich bei einer Buschgruppe ab und rollte sich stumm auf den Boden unter die Sträucher. Ehe Alex etwas sagen, auf sie zugehen oder sich auch nur hätte wundern können, vernahm er eine Stimme voll Verachtung und Häme, die in seinem Rücken erklang.

»Hey, hey, hey, hier haben wir ja Mister Schweineschwanz! Wer ist denn die langhaarige Kleine, die einfach so wegläuft, wenn mal 'n richtiger Mann kommt? Fühlt sie sich nicht beschützt bei dir?«

Ein schneller, tiefer Schreck ließ jede Zelle seines Körpers erstarren. In den Moment seiner traurigsten Niederlage war sein brutalster Feind hineingebrochen, wie ein Held durch das Dach im finsteren Versteck des Bösen. Die Stimme, die dort so triumphierend zum Angriff schrie, gehörte Ilhan, dem Bruder des Mädchens, das er liebte und den er zugleich tausendfach verabscheute und hasste. Eine furchtbare Frage schob sich in sein Bewusstsein. »Was, wenn Ilhan Aysel erkannt hatte?« Und dann gab es kein Gefühl der Schwäche und des Überrolltseins mehr, keine Unterlegenheit, für die er sich schämte, und erst recht keine Wut. Es gab nur noch den Instinkt, sie zu schützen. Er war das kleine bisschen Fleisch und Verstand, das zwischen ihr und ihrem Verderben stand, und dieses Verderben sollte an ihm zerschellen. Ruckartig, eigentlich viel zu schnell drehte er sich um und blickte in Ilhans spöttisches Gesicht. Keine drei Meter von ihm entfernt stand er, direkt am Rande des Lichtkreises der Laterne. Eine Sekunde überlegte Alex, ob es das Licht war, das seinen bösen Feind davon abhielt, näher zu kommen, doch sofort war sein ganzes Bewusstsein wieder nur auf seinen Gegner und das einzige Ziel, ihn auszuschalten, konzentriert.

Mit jedem Augenblick, in dem er so ruhig dastand und nicht ausrastete, sank die Wahrscheinlichkeit, dass er seine Schwester erkannt hatte. Lässig, viel souveräner als seine Drehung zuvor, tat er einen Schritt auf Ilhan zu. Kurz glaubte er, seine dunklen Augen erblickt zu haben, die ihn an Aysels erinnerten, und bildete sich ein, etwas wie Verblüffung, ja sogar einen Schweif Angst darin gesehen zu haben. Lässig lehnte er sich gegen die Laterne. Das lange Stahlrohr begann leicht zu wanken und trotzdem schlug er halbwegs cool die Beine übereinander, ignorierte das Licht, das die Sicht auf seinen Gegner einschränkte. Wie aus einer dunklen Wand erklangen Ilhans weitere Worte. Aber Alex nahm sich vor, fest in diese Wand zu starren, allem blendenden Licht und aller Verletzlichkeit seiner Sätze zum Trotz.

»Ich seh richtig vor mir, wie du sie mit peinlichem Geraspel herzulocken versuchst. Irgend 'nem klebrigen Scheiß. Und wenn dann wirklich mal eine kommt, bist du selbst überrascht und weißt so gar nicht, was du machen sollst. Dann sitzt du da, redest nur und hast nicht die Eier, ein Mann zu sein.« Noch immer konnte Alex nur schemenhaft erkennen, was sich vor ihm abspielte.

»Aber weißt du«, sprach der Angreifer ruhig weiter. Seine Stimme kannte keine Hast, als hätte Alex einen Knebel vor dem Mund und als wäre klar, dass ohnehin nur er sprechen würde.

»Weißt du, ich glaube, das ist auch ganz günstig so, weil die, wenn überhaupt, dann eh nur zum Labern mit dir da sind. Aus Mitleid oder weil sich sonst keiner mit ihnen beschäftigt. Und weißt du warum? Weil du einfach so gottverdammt feige und kartoffelig bist. Und niemals, niemals würde das Blut einer reinen muslimischen Frau an dich verschwendet werden. Viel eher würde ich meine Schwester an den letzten muslimischen Hurenbock geben als einem Typen wie dir.«

Das Licht blendete und aus dem Dunkel rauschten Ilhans Schmähungen auf ihn zu. Einige flogen vorbei, andere trafen, setzten sich fest und würden die nächste Zeit in den Wellen seiner Empfindungen mitgetragen werden, bis sie irgendwann verebbten. Und noch immer fehlten Alex der Mut und die Kraft zu antworten, noch immer war es allein Ilhan, der angriff und sprach.

»Aber das heißt nicht, dass du gar keine kriegst. Irgendwann, wenn alle richtigen Männer mal drüber waren und keiner mehr Lust hat, dann werden sie schon erwachsen werden und sich 'ne sichere, gefühlvolle Bank wie dich holen. Dann kriegst du bestimmt auch eine von den verbrauchten Schweinefresserfrauen, vielleicht mit hängenden Titten, aber immerhin.« Er begann zu kichern, wie ein Schüler, der etwas ausgefressen hatte, auf das er unheimlich stolz war. Die Schmähungen trafen Alex nun nicht mehr peripher, sie gingen direkt in sein unsicheres Herz und es kam ihm vor, als zischte sein Blut bei jedem Aufprall. Seine Brust stach, seine Wut wuchs und doch wollte und konnte er nichts sagen, nur ruhig da stehen und die Angriffe über sich ergehen lassen. Der Moment war noch nicht gekommen. Ilhan begann zu lachen und seine Stimme schien dabei zu schwanken, sodass sich Alex einen Moment fragte, ob sich sein Feind dabei vor und zurück bewegte.

»So wie deine Cousine, bei der geht's ja jetzt schon los.« Nun sah Alex seine Umrisse klar vor sich. Er stand noch immer drei Meter von ihm entfernt, hatte die Hände lässig in die Hüften gestemmt, schüttelte langsam und cool den Kopf und Alex kam es so vor, als wäre Ilhans ausgewähltes Aussehen und sein ganzes affektiertes Spiel nur eine schillernde Maske, ihn zu blenden und zu erdrücken. Noch immer war keine Antwort von seiner Seite erfolgt, noch immer stand er lässig gegen den Laternenpfosten gelehnt, doch langsam schien das Ilhan zu verunsichern. Erst sagte er für ein paar Momente nichts, dann setzte er mit schriller Stimme nach:

»Und was machst du jetzt? Stehst da und hast nicht mal die Eier, dich zu verteidigen. Oh, Mann, du bist echt so 'ne armselig weiche Kartoffel! Und mit so etwas wäre meine Schwester fast beschmutzt worden!« Sein nun folgendes Lachen klang zu verzerrt, zu verletzend und laut, als dass es ehrlich sein konnte. Auf Alex wirkte es nur noch lächerlich überzogen, ja schwächlich, und endlich spürte er die Welle des Zorns aus seinem Herzen aufsteigen. Er stieß sich von dem Laternenpfosten ab, sodass er gerade stand, und begann zu lächeln.

Ilhan

Lächelte der Deutsche? Warum? Er wusste nicht einmal, wieso er ihn so angriff, nicht von ihm ablassen konnte und noch dazu so albern lachte. Auf ihn selbst wirkte es nur noch peinlich, sodass er froh war, dass sie niemand hörte. Doch etwas stach und trieb ihn weiter. Er wollte diesen Jungen immer tiefer drücken, bis seine Seele keine Luft mehr bekam und jeder Mut in ihr erstickte. Niemals wieder sollte von ihm eine Gefahr für ihn und seine Welt ausgehen. Erneut blickte er auf, sah in die Augen seines Gegners, erwartete Angst, Zerstörung und Chaos, doch fand nichts dergleichen. Er sah kühle Beherrschung, die jede wohldosierte Attacke braucht, um erst im günstigsten Augenblick loszubrechen. Kam es ihm bisher so vor, als würde er nur angreifen und versuchen, möglichst schlimm in der Seele des anderen zu wüten, so wurde ihm nun klar, dass seine Kräfte an ihr Ende gelangt waren, dass der Gegenangriff losrollte und es nirgends Abwehrmaßnahmen gab. Schon traf ihn Alex' Blick, fesselte seine kurze Aufmerksamkeit und blitzte vor Zorn und Zerstörungswillen. Und schon wieder sah er Emilies nackten Körper vor sich, dort unten, auf der dreckigen Couch im Keller seines Unterbewusstseins.

»Ja, schau mich ruhig offen an, Ilhan. Halte deinen Blick aufrecht, wenn du kannst«, sagte der Deutsche, obwohl Ilhan längst zu Boden starrte.

»Diese Augen schicken dir etwas, sie schicken dir Verachtung, Abscheu und Hass.« Alex' Worte schienen aus einer ungeheuerlichen Tiefe seiner Seele zu sprudeln, seine Stimme zitterte und war trotzdem klar, wie die eines jungen Mannes, dem lange furchtbares Unrecht angetan wurde, der sich nun endlich aufzubegehren wagt und kein Zurück mehr kennt.

»Ich verachte dich dafür, dass du so mit mir sprichst. Wäre ich ein grausamer Mörder und würde täglich beten, du hättest mehr Respekt vor mir, und wäre ich Teil einer verworrenen Sekte, die ihre Frauen im Keller einsperrt und ihnen erklärt, dass sie nie das Licht der Sonne sehen dürfen, du hättest mehr Respekt vor mir. Du verachtest mich dafür, dass unsere Frauen sich frei bewegen und dass man sie verführen und vergewaltigen kann.«

Verzerrt schallten die Worte des Deutschen in die Nacht.

»Ich verabscheue dich dafür, dass meine Cousine nur eine wertlose Schlampe für dich war, an der du deinen Trieben nachgeben konntest. In dem Moment, wo sie nur einen Funken Aufmerksamkeit und Zuneigung für dich verspürt hat, war klar, dass du sie zu einem Spielzeug machst und gleichzeitig als dreckig verachtest.« Man spürte, wie ihn seine eigenen Worte erlösten, und genauso spürte man, dass er noch lange nicht am Ende war.

»Und ich bringe dir nichts entgegen als Hass, dass du der Liebe zwischen deiner Schwester und mir nicht die geringste Möglichkeit gegeben hast, aufzukeimen. Nichts habe ich mir mehr gewünscht, als sie in meinen Armen zu halten, zu behüten und zu beschützen. Diese Liebe trug mehr Reinheit, Zuneigung und Schönheit in sich, als du jemals empfinden wirst, und trotzdem hattest du die Macht, sie zu zerstören, und dafür hasse ich dich tausendmal tiefer aus allen Abgründen meiner Seele, als sich ein kleines Stück Dreck wie du dir vorstellen kann.«

Mit langsamen Schritten ging Alex auf ihn zu, kam ihm ganz nah und umfasste seine Schultern. Doch in Ilhan erwuchs kein Impuls, sich zu wehren, und seine müden Augen blickten in Alex' Zorn.

»Niemand weiß, wo er herkommt, niemand, wo er einmal hingeht. Doch du glaubst ernsthaft, dass dein Glauben dich besser, dass er andere weniger wertvoll macht, obwohl du nicht einmal nach den Regeln dieses Glaubens lebst. Ich weiß nichts über diese Welt, aber du bist falsch und schlecht, und wenn es einen Gott gibt, so wird er dich dafür härter strafen als irgendjemanden sonst.« Er hatte weniger laut begonnen als zuvor und war trotzdem immer leiser geworden, die Worte »als irgendjemanden sonst« flüsterte er nur noch.

Ilhan wusste nicht, ob er das alles nur lächerlich fand oder ob es ihm wirklich Angst machte. Er sah sich selbst kurz und laut auflachen, auf Alex zeigen und ihm in sein dreckiges Gesicht spucken. Dann verwischte diese Vorstellung und er sah sich, wie er den Kopf abwandte und anfing, um Vergebung zu winseln, und schließlich kam ein Bild, wie er Alex kurz schweigend seine Hand ausstreckte und scheu dazu lächelte. Am Ende tat er nichts von alledem, am Ende lächelte er nur überlegen, ging so dicht an seinem Feind vorbei, dass er seinen Ärmel streifte, und verließ den Spielplatz.

Alexander

Es mochten Sekunden, mochten Minuten sein, vielleicht auch eine halbe Stunde, die er alleine dort stand. Und wie so oft machte sie nicht viele Geräusche, trat einfach neben ihn, wartete, bis er herunterkam, seine Augen klar wurden und er sie fragend ansah. Sie umarmte ihn sacht, und ohne ein weiteres Wort zu verlieren, nahmen sie sich bei den Händen und gingen in Richtung Auto.

Bald waren sie eines der Lichter, die auf dem Dunkel der Straße durch das weite Land flogen, und wenn Alex nach rechts und links schaute, sah er in den anderen Wagen nur friedliche, verträumte Gesichter. Er spürte etwas Angst in sich aufsteigen, doch zugleich breitete sich eine dicke Masse aus Zufriedenheit und Stolz über seiner Seele aus, die alle Sorgen, alle Zweifel lähmte. Verstohlen, fast heimlich blickte er zu Aysel. Sie sollte sich nicht beobachtet, nicht als fragile Fracht fühlen, um deren labilen Zustand man sich sorgt. In ihrem Gesicht lag kein Lächeln, doch auch keine Furcht, und als er dann wieder auf die Straße blickte und das dunkle Blau und Grau der Landschaft seine Sicht umhüllte, spürte er die Geborgenheit in seinem Inneren noch stärker und vielleicht, so hoffte er, verströmte er etwas dieser Geborgenheit zu ihr. Bald verließen sie die Autobahn, als schnelle Abschussrampe ihres kleinen Raumschiffs, und draußen veränderte sich die Welt. Auf dunklen Landstraßen bahnten sie sich den Weg vorbei an großen, grauen Baumkronen und in ihrem Schweigen kam es Alex noch immer unwirklich vor, dass sie bei ihm war und er sich nur zur Seite zu drehen brauchte, um sie zu sehen.

Als das Adrenalin langsam nachließ und sein Körper wieder die eigenen Grenzen spürte, fuhr er auf einen der Hügel, die im Mondschein schimmerten, um zu rasten. Von dort erschien die Landschaft wie ein riesiges schwarzes Meer, in dem die Dörfer vereinzelte Lichterinseln bildeten. Die Autos, die dazwischen fuhren, wirkten wie kleine Boote, die einsam durch die Weiten schipperten. Aysel stupste ihn an und deutete auf den Sternenhimmel, der so voll und prächtig war, dass man meinen konnte, dort oben spielte das eigentliche Leben und hier unten läge nur eine trübe Kopie. Wie schon bei der Laterne nahm sie einfach seine Hand und zusammen gingen sie ein Stück die Wiese hinab und setzten sich auf eine kleine Bank.

»Er ist nicht böse.« Ihr Satz klang ruhig und gewiss, aber Alex kam es vor, als hätte Trotz in ihrer Stimme mitgeklungen. Erst viele stumme Sekunden danach kam ihm eine passende Reaktion auf ihren Satz in den Sinn.

»Ha«, spuckte er bemüht cool aus und schüttelte langsam den Kopf. »Was ist schon wirklich böse?«

»Und was ist schon wirklich gut?«, erwiderte sie sogleich, als hätte sie längst mit dieser Antwort gerechnet.

»Ich bin es jedenfalls nicht. Ich habe heute Nacht meine Familie verlassen und damit unendliches Leid über sie gebracht.« Sie atmete ruhig ein und aus.

»Mein Bruder wollte das verhindern, wie kann er böse sein?«

Jetzt schallte der Trotz unüberhörbar klar in ihrer Stimme und das Einzige, was vor Alex' müdem Geist auftauchte, war das Bild eines rostigen Nagels, der die Haut eines Daumens aufriss. Und da er ohnehin verloren war, da er keine Antwort und nichts über die Welt wusste, über die sie sprach, schwieg er. Weil aber in einem solchen Moment trotzdem etwas passieren muss, drehte er sich zu ihr, nahm ihren Kopf in beide Hände, küsste ihre Wangen, sanft ihre Lippen und ließ sie auch nicht los, als er endlich etwas zu sagen imstande war.

»Alle geschundene Ehre, alle Trauer, alles Leid und alles Böse … Das alles soll ab heute ein böser Traum sein, den wir uns nicht zu träumen wagen. Wir werden ihn verdrängen, immer wieder zuschütten. Er wird vergessen werden und daran vergehen. Alles, alles, alles ist egal, denn wir sind hier zusammen.«

Sie fuhren durch dunkle Dörfer in den Süden, bis es nicht mehr weiterging. Als einziges Auto stellten sie sich auf einen Parkplatz für Badegäste und liefen langsam einen kleinen Pfad dem Rauschen entgegen. Und dann eröffnete sich eine ungeheure Weite, die sie trotz der Dunkelheit erahnen konnten. Sie liefen immer weiter entgegen, bis sie endlich auf einem langen Steg am Ufer des Sees standen. Er war in tiefes Blau gehüllt, das langsam immer heller wurde. Im Osten ging die Sonne auf und ruhig setzten sie sich auf den Steg, hüllten sich in einen Schlafsack, den Alex aus dem Auto mitgebracht hatte, und schmiegten sich aneinander. Unter ihnen plätscherten die Wellen gegen den Beton, hinter ihnen leuchteten die Lichter der Hotels und Restaurants, wo bald fleißige Hände das Frühstück richten würden, und vor ihnen, irgendwo im Dunst verborgen, lagen die Alpen.

Sie warteten, bis die verschneiten Gipfel auf der anderen Seite klar sichtbar waren und die ersten Sonnenstrahlen im See zu glitzern begannen. Mit steifen Gliedern standen sie auf und liefen Hand in Hand auf die strahlenden Lichter am Ufer zu.

Ilhan

Jeder in der Familie akzeptierte, dass Ilhan und der Vater lange schliefen, und vor allem Anne und Aysel achteten darauf, vor zehn keinen Lärm zu machen. Doch es war kurz nach acht, als Anne laut wehklagend aufschrie, als Baba tobte und als irgendwer, vielleicht Yasin, einen Hocker durch die Küche warf und die Glaswand eines Schranks zu Scherben brach.

Nach einer Weile versuchte es Anne mit wirren Erklärungen, Aysel könnte bei einer Tante sein oder sich sogar schon einmal heimlich mit Selim getroffen haben. Doch jeder wusste, dass das nicht stimmte. Alles Böse, was sich in den vergangenen Wochen über ihnen zusammengebraut hatte, löste sich mit einem Mal und brach donnernd und mit ganzer Kraft in ihre kleine Familie. Jedes Bemühen war umsonst, sie waren beschmutzt und besiegt. Das Gesicht in den Händen vergraben saß Ilhan auf der Couch. Vater hatte sich alles im Haus befindliche Geld geschnappt und war wutschnaubend losgezogen, Anne schluchzte in der Küche und Yasin wollte irgendwo für seine Schwester beten. Ilhan verfluchte sie und er verfluchte sich selbst. Wie konnte er ihr eine Sekunde Mitleid entgegenbringen? Wie war er dumm und naiv genug, sich von ihrem Lachen und ihrem Weinen erweichen zu lassen? Nun erschien jede einzelne ihrer Tränen von Heuchelei durchtränkt und hämisch tönte ihr Lachen über die Familie hinweg, die sie in Verachtung und Verderben gestürzt hatte.

Alexander

»Das ist das erste Frühstück in einem neuen Leben«, versuchte Alexander zu flachsen und tatsächlich lächelte sie leicht. »Da wollen wir uns nicht lumpen lassen«, stupste er sie an und zeigte auf ein prächtiges, grünes Gebäude. »Hotel zum Reichsgrafen« stand daran. Und in einem großen Gastraum, der wirklich noch von einem Kamin geheizt wurde, bestellten sie munter drauflos, aßen sie, als müsse es nun tatsächlich für ein ganzes Leben reichen.

Dann fuhren sie weiter am See entlang, in ein kleines Waldstück auf einen ruhigen und abgelegenen Parkplatz, an dem sich sogar ein Brunnen mit Trinkwasser befand. Es war befremdlich, sich in die Decken und Schlafsäcke neben sie zu hüllen. Befremdlich, wie sie sich ein wenig abwandte, befremdlich, wie er sich selbst dabei fühlte. So klobig, so störend und fehl am Platz. Doch in ihrer Schüchternheit lächelte Aysel dann, zeigte ihm, dass sie trotz allem dankbar war, dass er da war. Und endlich übermannte sie die Müdigkeit. Sie spürten, wie es wärmer und wärmer wurde, und sanken in ruhigen Schlaf.

Ilhan

Als lachte sie über sein Schicksal, schien die Sonne, schien sie zum ersten Mal in diesem Jahr.

Nein, sie hatten noch nichts über ihren Verbleib gehört, nichts, ob sie sicher, ob sie befleckt war, wo sie sich befand, ob sie dort alleine oder mit jemand anderem ausharrte. Nichts, rein gar nichts hatten sie gehört. Doch eigentlich war das egal, eigentlich wussten sie ja alles. Sie war sicher, zumindest nach den Maßstäben der Deutschen, sie war befleckt oder würde es, nach den Maßstäben der Familie, bald sein. Was kümmerte es da, wo sie sich in diesen Momenten befand? Und die Sonne, diese schrecklich fröhliche Sonne, zog alle Menschen auf die Straße in der Stadt, zwischen denen Ilhan verloren umherirrte.

Und dort, in dem Gewirr der bunten Menschen, sah er auf einmal Helena, mit einem weißen T-Shirt, auf das ihr blondes Haar fiel, mit einem viel zu weißen Lächeln, das noch immer harmonisch, das unendlich schön strahlte. Und dann geschah etwas Seltsames, mit einem Mal, obwohl er auf Helena schaute, dachte er an Emilie, nur an Emilie, in den wärmsten Farben, in denen er je an ein Mädchen gedacht hatte. Er sah ihr verschüchtertes Lächeln, ihre scheuen Augen, fast hörte er, wie ihre Stimme zärtlich sprach, und er glaubte gar ihren Atem in seinem Nacken zu spüren. In der Trance dieses Gefühls lief er durch volle Straßen und leere schattige Gassen, lief er weiter den Schlossberg hinauf, ohne zu wissen, was ihn dorthinzog. Aber im Inneren des Hofes fühlte er sich endlich angekommen und ließ sich auf einen vereinzelten Mauerabschnitt sinken. Er wusste nicht, warum er so albern lächelte, wieso er sich so erbärmlich frei fühlte, und am unerklärlichsten war ihm die unendliche Zuneigung, die er auf einmal wieder zu Emilie verspürte. Wie schön wäre es, sie wäre jetzt hier im Schlosshof bei ihm. Er schüttelte seinen Kopf und merkte erst da, dass er sein Handy ausgepackt, dass er bereits ihren Namen eingegeben hatte, auf ihre Nummer starrte und sein Daumen auf der Taste mit dem grünen Hörer lag. Eine Kindergruppe strömte vorbei, ihm wurde noch einmal wärmer und die verkleideten Vögel von dem Schulfest drangen in seinen Sinn, betäubten alles und ließen ihn in sich selbst versinken.

Warum hat er sie damals nicht angerufen? Warum trottete er nur verloren weiter durch die sonnige Stadt? Es wäre nur ein sanfter Druck seines Daumens gewesen. Ein kurzes Loslassen, ein Nachgeben, ein sich erneut Verlieren im Nirgendwo ihrer Welt. Vielleicht wäre dann alles gut geworden, vielleicht säße er nicht in diesem Zug, vielleicht wäre er glücklich. Und vielleicht ist es wirklich erst hier, in diesem einsamen Regionalexpress, dass er sich das erste und gleich schon wieder letzte Mal eingesteht, dieses Mädchen einmal geliebt zu haben.

Alexander

Das Erste, was Alex sah, als er in den Mittagsstunden aufwachte, war das tiefe Schwarz ihrer Haare auf dem weißen Laken. Ihre Hand lag schützend vor ihrem Gesicht und doch ließ sie seine zaghafte Umarmung gewähren, er zog sie an sich heran, küsste sanft ihre Stirn und zusammen schliefen sie erneut friedlich ein. Als sie schließlich erwachten, liefen sie lange am See entlang. Stück für Stück hüllte er sich wieder in Schwarz und begann die Berge dahinter zu verbergen. Sie blickten sich in die Augen, durchstöberten ihre Seelen und fanden nichts als Vertrauen und Zuneigung. Erst am nächsten Tag verließen sie die heile Welt am See und fuhren in eine Großstadt zu einem Jugendamt. Dort saßen sie nach langem Warten einem mittelalten Sachbearbeiter gegenüber. Er schien irgendwo zwischen Menschenliebe und Paragrafen stecken geblieben zu sein, doch lächelte freundlich. Zu Beginn stellte er Aysel unangenehme Fragen zu einem möglichen sexuellen Missbrauch durch ihren Vater, um kurz darauf zu versuchen, sie zur Rückkehr zu ihrer Familie zu bewegen. Dann kamen Andeutungen, ob Alex sie zur Flucht gedrängt habe, und er selbst durfte nicht antworten, sondern nur sie. Erst als Aysel auch hier lange genug Nein gesagt hatte, griff der Mitarbeiter langsam zum Hörer und meldete eine Jugendliche an, die in Obhut genommen werden müsse. Als das geschehen war, wurde er sehr ruhig, blickte Aysel verständnisvoll an und meinte, dass nun noch eine schwere Aufgabe komme. Sie müsse sich bei ihren Eltern melden und sagen, dass es ihr gut gehe. Das sei gesetzliche Pflicht, und na ja, sicherlich wolle sie auch nicht, dass man sich zu Hause allzu viele Sorgen macht. Alex sah in ihre immer größer werdenden Augen. Ihr Blick erinnerte ihn an einen Jungen, der sich zum ersten Mal auf den höchsten Sprungturm gewagt hat und nun erschrocken in die Tiefe blickt. Dann tat sie das einzig Vernünftige. Ohne eine Sekunde weiter nachzudenken, griff sie sich den Hörer, tippte konzentriert eine Nummer ein, wartete kurz, sagte drei Sätze und ließ, ohne auf die Antwort zu achten, den Hörer langsam auf die Station sinken. Sie war gesprungen. Für Sekunden kam es Alex so vor, als würde sie in der Luft nach unten gleiten. Sie schaute auf, in ihrem Blick lagen weder Panik noch Erleichterung oder Triumph über den gewagten Sprung. Alles, was er sah, war tiefe Trauer.

Alex krümmt sich auf dem Teppich im Versteck, schließt die Augen und es dauert einige Atemzüge, bis er sie erneut langsam öffnet. Vor dem Fenster jagen dunkle Wolken gespenstisch über den Horizont, als schöben sich tausend Geister zwischen den kleinen Turm und die Sterne. Langsam bewegt Alex seine Lippen, ohne etwas zu sagen oder auch nur einen klaren Gedanken zu haben. Doch dann drückt sich der Gedanke schmerzhaft hervor, als könne er nicht länger verborgen werden. Ja, wenn er ehrlich ist, gibt es heute noch genug Momente, in denen Aysels Blick dieselbe Trauer trägt.

Ilhan

Baba hatte laut in das Telefon geschrien. Doch sobald der Hörer aufgelegt war, schwankte er zu einem der Sessel, sank matt in das Polster und begann leise zu weinen.

Schnell konnte Ilhan den Anblick nicht mehr ertragen und er war sich sicher, könnte sein Vater klar denken, er würde nicht wollen, dass sein Sohn ihn so sah. Die Hände in den Jackentaschen versunken, betrat er die Straße, alles erschien ihm feindseliger, jeder Blick abwertender und herausfordernder als sonst. Erst als er eine Weile gegangen war und sich wieder dem Fluss näherte, wurden seine Gedanken klarer. Ja, er hatte gesündigt, viel mehr als Yasin, viel mehr als die meisten seiner muslimischen Freunde. Alkohol, fremde Frauen, keine Gedanken an das Jenseits, immer wieder diese Momente, in denen er Gott vollends verdrängte und vergaß. Dazu hatte er sich auch noch überlegen und stolz gefühlt, als er wie ein Sieger in die Welt der westlichen Versuchungen eindrang. Doch immer, in jeder Sekunde seiner Sünde, wusste er, dass das nur eine Phase war, dass er zu

Anstand und Glauben zurückkehren würde, sobald sein junges wildes Blut sich beruhigt hatte. Seine Eltern hätten ihm eine Frau gefunden, er hätte sie gut, mit Respekt behandelt, sie jederzeit geachtet und nie verletzt. Als würde es jetzt noch etwas helfen, schwor er sich das in diesen Stunden wieder und wieder, während er den Neckar immer weiter hinauf ins dunkle Nichts ging. Und trotzdem verfolgte ihn unablässig der furchtbare Gedanke, dass seine Sünden es waren, die dieses unendliche Leid über seine Familie gebracht hatten.

Als er wieder zu Hause ankam, saß Baba unverändert auf dem Sessel und niemand sonst war zu sehen. Er konnte sich nicht vorstellen, dass die ganze Zeit nichts geschehen war. Als er in die Küche ging, saß da auch Anne tränenüberströmt, so als hätte sie erst jetzt erkannt, was passiert war. Sie schimpfte lauthals über die verlorene Ehre, dass sie nun kaum mehr ohne verächtliche Blicke einkaufen könnte, sie wimmerte über das Gefühl, als Mutter gescheitert zu sein, und sie schrie den tiefen Schmerz heraus, die einzige Tochter verloren zu haben.

Es wackelt ein wenig und viel sanfter als sonst wird Ilhan aus seiner Erinnerung gerissen. Mehr und mehr verliert der Zug an Geschwindigkeit. Es ist der letzte Halt, hier muss es sein.

SOMMER

Alexander

Ein Quietschen ertönt von draußen. Alex steht auf und blickt durch die Zweige einer alten Linde vor dem Fenster in die Nacht. Der letzte Zug rollt langsam in den Landbahnhof. Seine Lichter erlöschen und nur noch eine einsame Laterne brennt auf dem winzigen Bahnsteig. Er dreht sich zu Aysel, die friedlich in ihre Decken eingehüllt schläft. Dann schweift sein Blick in das mondbeschienene Gras, hinter dem der dunkle Wald beginnt, und er fragt sich, ob man dort im kühlen Grund nicht so viel besser ruhen kann als in den warmen Betten hier oben.

Schnell erhielten sie diese Wohnung vom Jugendamt und aus Tagen wurden Wochen. Und diese Wochen waren erfüllt von viel strahlend Gutem, doch auch so viel Schaurigem, dass jeder Gedanke daran sich schmerzlich in seinem Herzen windet. Immer wieder erzählte Aysel sehnsuchtsvoll von Träumen von Versöhnung und dem Nach-Hause-Kommen und in keinem kam Alex mit nur einer Silbe vor. Da waren Momente, in denen sie einfach in Tränen ausbrach, und er wusste nicht den Grund und wusste ihn doch allzu gut. Hektisch und wieder ruhig, verständnisvoll und dann besessen sprach er auf sie ein. Umarmte, rüttelte sie, fiel vor ihr auf die Knie und kam doch nicht zu ihr durch, als wäre ihr Schmerz nicht aus seiner Welt und als könne aus ihr keine Heilung kommen. Und dann war da die Furcht, immer wieder drückte sie sich in die Augenblicke, blitzte in den harmlosesten Gedanken auf, schlich sich in jede Hoffnung und in jeden Traum.

So finster stehen die Bäume im Wald, dass Alex die Augen davon nicht zu lösen vermag. Und plötzlich weiß er, aus ihnen wird einmal die Gefahr hervortreten, und lange wird es nicht mehr dauern.

Ilhan

Schnell huscht er über die Schottergleise, watet durch eine hohe Wiese und trifft bald auf den kleinen Weg, den er sich über Google Maps eingeprägt hat. Er muss direkt zu dem Versteck führen. Dort verschluckt ihn das Dunkel der Bäume und da erhebt sich schon der alte, weiße Fachwerkturm mit seinen schwarzen Giebeln und Fenstern aus der Nacht. Eine stille Weile setzt er sich ins kühle Gras und keine Erinnerung dringt in sein Bewusstsein. Er überlegt, wie es wäre, dort sitzen zu bleiben, bis irgendwann jemand den Turm verlässt, wie es wohl wäre, nicht einmal das abzuwarten, einfach beim ersten Tageslicht in den Wald zu laufen, immer weiter und weiter, bis er irgendwann, irgendwo auf einen Bahnhof stößt, um müde nach Haus zu fahren.

Ilhan wühlt in der lockeren Erde, streicht durch das feuchte Gras, fast wie ein Kind freut er sich an den Tropfen auf seinem Handrücken und wünscht, er könne wieder ein Kind sein und in einer hellen Welt leben. Seit Aysels Flucht herrscht das finsterste Zeitalter seiner jungen Geschichte. Als hätte man eine matte Folie vor sein Leben gelegt, erscheint, was er auch tut, fad und bedeutungslos. So fad und bedeutungslos wie der stehen gelassene Selim. Fast jedes Wochenende zogen sie zusammen hinaus, in die Untere Straße, in die Welt der Trunkenheit und Lust. Ilhan war jetzt die treibende Kraft in den Kneipen und Clubs, die cool auf Mädels zeigte, die es anzusprechen galt. In immer neue Gesichter blickten sie, in stetig gleich geschminkte Augen und Münder. Sie hatten ihre Opener, hatten ihre Maschen und Tricks, aus unzähligen Pick-up-Foren, in denen sich Männer erklären, wie man Frauen ins Bett bekommt. Sie waren gut im Spiel um Aufmerksamkeit, um Nähe und Distanz, und so fest hefteten Selims Augen auf ihm, dass er sich fragte, ob Said seine ganze Sicherheit nicht einzig aus den bewundernden Blicken seiner Begleiter zog. Doch selbst dieser Gedanke, der vor Wochen noch fundamental entscheidend gewesen wäre, galt nun nichts. Denn eigentlich ging es nur um Aysel, immer großzügiger fütterten Ilhans Bemerkungen den ohnmächtigen Zorn des zurückgewiesenen Bräutigams. Dabei, so kam mehr und mehr heraus, wollte der diese Verbindung genauso wenig wie Aysel.

Eines Nachts, als Selim wahrscheinlich leicht angetrunken war, erzählte er Ilhan, wie verzwickt die eigene Gesellschaft doch sei. Dass der Respekt der

Familie gegenüber so hoch wäre, dass man sich dem kaum widersetzen könne. Einige Male versicherte er zwar, dass er Aysel sehr nett fände, dennoch wurde Ilhan sehr bewusst, dass ein Kennenlernen zwischen Aysel und Selim nur aus der Sorge der Familien entstanden war, dass der Nachwuchs keinen passenden Partner finden könnte. Außerdem konnte Selim nicht »Nein« sagen, das spürte Ilhan immer wieder, das spürte er am meisten in diesem Gespräch. Und er wollte diesen erbärmlichen Kerl nicht aus der Verantwortung entlassen. Was passiert war, da war sich Ilhan sicher, lag auch an Selims Schwäche. Und als dann Franziska, die dicke Freundin vom dicken Kai, ein Praktikum beim Jugendamt begann, sah Ilhan die Gelegenheit gekommen. Drei Tage und Nächte redete er auf Selim ein, spielten sie das Gespräch durch, übten Reaktionen und emotionale Ausbrüche.

Ihre Geschichte war denkbar einfach. Selim war der gute, enge Freund aus dem Ruhrgebiet, in einer schrecklich rückständigen Familie. Natürlich durfte niemand davon wissen, die böse Familie nicht und vor allem das Jugendamt nicht, weil seine strikten, viel zu vorurteilbehafteten Regeln nie zugelassen hätten, dass ein guter Freund Aysel mal besucht. Sie übten und übten, und als Ilhan am nächsten Abend Selims fröhlich-schüchternes Lächeln zur Begrüßung sah, wusste er, dass es geglückt war. Er nahm den Zettel, auf den mit schöner Mädchenschrift eine Adresse gekritzelt war, und eigentlich war Selim dann egal. Er stieß noch mit ihm an, durchtrank mit ihm die Nacht, doch hoffte und wusste er fast, diesen erbärmlich schwachen Menschen nie wieder zu sehen.

Alexander

Dort sitzt ein Schatten im ruhigen Gras und hätte Alex ihn nicht eben noch aus dem Wald und über die Wiese laufen sehen, er könnte sich einreden, es wäre ein Stumpf, wäre ein komischer Erdhaufen, und sobald es hell wird, würde man lachen, dass man vorhin noch erschrocken darauf starrte. Er streicht über die Fensterscheibe, als würde er dem Schatten zuwinken, doch der bewegt sich nicht und da im Hier nichts passiert, zieht es Alexander wieder zurück in die Vergangenheit.

In den Wochen seit der Flucht lag neben all dem Schrecken der goldene Zauber der schönsten Momente seines jungen Lebens. In Aufregung und zaghafter Freude hatte er Aysel seinen Eltern in einem chinesischen Restaurant in einem Nachbarort vorgestellt. Ab und an fuhren sie mit Helena und Volkan in größere Städte, waren sie ausgelassen und frei. Es wurde wärmer und gemeinsam streiften sie durch die Wälder um das Versteck. Bald entdeckten sie einen verborgenen Weg, der an einigen Stellen schon zugewuchert war. Sie folgten ihm, vorbei an einer alten Hütte, immer weiter unter einem riesigen moosbedeckten Zweig hindurch, und kamen zu einem hohen Zaun mit Stacheldraht. Schnell fanden sie ein Loch in den Maschen und blickten bald eine steile Schlucht hinab in einen Baggersee. Dort auf der Klippe saßen sie oft an Frühlingsabenden, manchmal zu viert, wenn Helena und Volkan sie besuchten, manchmal mit noch anderen Freunden, meistens einfach nur zu zweit.

»Irgendwann in den Neunzigern soll hier ein Junge in den Tod gesprungen sein«, erzählte Aysel einmal, als nur Alex bei ihr war. »Er hat einen Abschiedsbrief hinterlassen, ist zweimal sitzen geblieben und hat gedacht, das wäre das Schlimmste, er wäre der ewige Versager.«

»Woher hast du das denn?«

»Hab lange gegoogelt. Der Ort gefiel mir und jetzt nicht weniger.«

Auf dem Bauch liegend kroch Alexander ein wenig vor, sodass ihn nur noch wenige Zentimeter vom Abgrund trennten.

»Seine Leiche trieb am nächsten Mittag im Baggersee. Man war froh, dass die Strömung sie nicht den wilden Fluss hinunter in den Rhein getrieben hatte. Wer weiß, vielleicht wäre sie nie gefunden worden.«

Alex streckte seinen Arm nach einem Stein, kroch noch ein paar Zentimeter vor und warf ihn in die

Tiefe. Den Aufschlag hörte er nicht, doch er sah die Kreise, die sich langsam im ruhigen Wasser ausbreiteten.

»Wäre das nicht besser gewesen?«

Die Frage schien Aysel zu irritieren. »Ja, dann hätte man doch nie gewusst, was wirklich mit ihm passiert ist, seine Familie hätte nie Frieden gefunden.«

»Aber stell dir mal vor, sie hätten ihn nie gefunden. Sie alle, alle die ihn lieben …«

Seine träumerische Stimme stockte und er blickte in die Tiefe, wo sich die Kreise noch immer ausbreiteten, als wollten sie den ganzen See ausfüllen. Ob der Stein schon auf seinem Grund angekommen ist?

»Ich mein, auch mit dem Brief, dass er Angst hat zu versagen und nicht mehr mitmachen will, mit immer mehr Leistung.« Aysel schaute ihn fragend an.

»Hach, könnten sie nicht hoffen, er lebe in einer anderen Welt, irgendwo in einer tollen Palmenhütte am Strand in der Karibik, auf einer Insel in Thailand oder sonst wo, wo die Sonne scheint?« Nun lachte sie ein wenig.

»Ja, ich mein das ernst.« Vorsichtig rutschte er zurück und nahm sie in seinen Arm.

»Vielleicht hat er den Spaß auch umgedreht und gehört jetzt zu den abgebrühtesten Finanzhaien in New York. Vielleicht schiebt er so viele Unsummen durch die Welt, dass er bisher einfach noch nicht dazu kam, sich mal zu Hause zu melden. Oder stell dir vor, er ist in eine dieser Zehnmillionenstädte in China gegangen, die hier keiner kennt, und er hätte dort ein Festhaus eröffnet.«

»Ein was?«

»Ein Festhaus, das ist ja wohl das Natürlichste auf der Welt.« Mit gespieltem Ernst blickte er sie an.

»Ihr Türken macht überall Dönerbuden auf, wir gehen in die Welt und bauen Festhäuser. Alles etwas deutscher, viel größer und solider. Ich mein, Dönerbuden … Das ist uns einfach zu popelig, wenn wir was machen, dann richtig, richtig Krieg, richtig Umweltschutz oder eben richtig Festhaus.« Sie blickte immer fragender. »Und natürlich richtig gemütlich.« Er drückte sie fester an sich, machte schunkelnde Bewegungen und begann »Marmor, Stein und Eisen bricht« zu summen. Endlich begann sie zu lachen.

»Der Gute hat einfach eine große Halle gemietet, Bänke reingestellt, lässt den ganzen Tag Volkslieder laufen, alle Bedienungen tragen Dirndl und er verkauft tonnenweise deutsches Bier, Brezeln und Weißwürste. Nur der Senf ist nicht süß, sondern süßsauer.« Ihre Hände griffen in der Umarmung fester zu, sie drehte sich zu ihm um und grinste ihn an.

»Wahrscheinlich ist er in deiner Fantasie auch glücklich mit den drei hübschesten seiner Bedienungen verheiratet?«

»Jaja, und jeden Abend geht er selbst für zwei Stunden auf die wacklige Holzbühne und spielt die wildesten Polkas auf dem Akkordeon. Natürlich bebt der ganze Saal und Gerüchte sagen, dass schon mal eine nahe gelegene Brücke von dem rhythmischen Stampfen zusammengebrochen ist. Jedenfalls soll sich zu dem Zeitpunkt keiner auf der Brücke befunden haben und es war absolute Windstille.« Wieder lachte sie auf.

»Da gibt es nix zu giggeln«, entgegnete er streng. »Wir Deutschen machen das so mit unseren Festhäusern. Ich weiß das genau. Eure Dönerbuden sehen ja auch alle gleich aus. Ihr habt nur total den chinesischen Markt verschlafen.«

Eine Weile blickten sie schweigend auf den in der Dämmerung liegenden See und mit ruhiger Stimme begann Aysel zu sprechen.

»Oder es ist ganz anders. Er sitzt seit Jahren auf Hartz IV in einer kleinen Wohnung im Nirgendwo, die er kaum verlässt, weil er sich vor Menschen fürchtet. Er ist dick, ungepflegt, hat einen langen Bart und tiefe Augenringe. Aber alle paar Wochen veröffentlicht er ein Gedicht auf seinem Blog, den keiner liest. Nur ein paar Verrückte in psychiatrischen Anstalten, die darüber mit niemandem sprechen. Und diese Texte, das wird man erst in Jahren herausfinden, sind die traurigsten und schönsten Liebesgedichte unserer Zeit.«

Ilhan

Ist dort nicht ein Schatten am Fenster hinter der bleichen Linde? Winkt ihm der Schatten nicht sogar zu, als wäre es ein alter Freund? Ilhan erstarrt, unterdrückt jeden Impuls einer Regung. Kann das Aysel sein? Ist es Alex? Wie können sie dort so ruhig stehen, als hätten sie gewusst, dass er kommt, dass er gerade jetzt in dieser Nacht, in diesem Moment aus dem finsteren Wald tritt? Als hätten sie immer alles gewusst, immer deutlich gesehen, was er tut? Als wäre ohnehin alles Schicksal, für jeden ganz offensichtlich, nur er irrt auf den klaren Bahnen umher, in der Illusion, er hätte eine Wahl? Das Wort verloren drängt in seinen Sinn und er fragt sich, wo das Verlorensein größer ist, im Schicksal oder in der eigenen Entscheidung?

In aller Frühe hatte er vorgestern das Stück Papier auf den Tisch gelegt. Yasins Augen öffneten sich einen Spalt, er blieb jedoch liegen und verrichtete dann erst sein Morgengebet. Als er endlich auf den Zettel sah, verriet sein Gesicht keine Regung. Er legte ihn zurück, öffnete das große Fenster weit und löschte das

Zimmerlicht. Es war noch dunkel, doch schon warm, leis rauschten die grünen Blätter und der Sommertag versprach traumhaft zu werden. Das gesamte Haus, die ganze Stadt lag noch im Schlaf und über ihrem Schlaf lag Ilhans Flüstern, erklärte er Yasin seinen Plan. Als er geendet hatte, fast genau nach dem letzten Wort, begannen die Vögel in den Morgen zu singen. Langsam ging die Sonne auf und zum ersten Mal seit Wochen konnte sich Ilhan daran erfreuen.

Der Schatten dort oben ist erstarrt. Und wenn es wirklich ein Mensch ist, so blickt er ihn geradewegs an. Aber Ilhan fürchtet sich nicht, ist er nicht selbst ein Schatten in dieser Nacht, gekommen, um Zerstörung zu bringen? Vielleicht ist es tatsächlich vorherbestimmt. Vielleicht kann er wirklich nicht anders, als hier zu sitzen. Ist, was er tun wird, nicht seine Entscheidung und er nur ein dumpfer, dunkler Zug auf einer unheimlichen Strecke. Fast meint er, das Rauschen des Zuges zu hören, sieht er seine Lichter durch den Wald gleiten. Er wird langsamer und kommt zum Halt, und erst als die Lichter erlöschen und das leise Öffnen und Schließen von Autotüren erklingt, begreift Ilhan, dass dort ein Wagen vorgefahren ist. Gedämpfte Stimmen ertönen, kommen näher und erscheinen ihm unendlich vertraut. Ja, sie sind es, sie sind hier, auch wenn er nicht mit ihnen gerechnet hat. Noch einmal blickt er zu dem Schatten, der noch unbewegt am Fenster steht. Wenn es ein Schicksal gibt, er ist bereit, ihm zu folgen, und hat er eine Wahl, er wird sie treffen. Was immer auch passieren soll, soll nun endlich passieren.

Alexander

Langsam steht der Schatten auf und bewegt sich über die Wiese. Der Moment ist gekommen und Alex wundert sich, wie unheimlich ruhig er ist. Das alte Holz knarzt unter seinen Füßen, als er in schnellen Schritten in die Küche geht und nach einem langen Messer greift. Dort draußen vor dem Turm steht eine Welt, die es abzuwehren gilt, und die Klinge in seiner Hand fühlt sich vertraut an, als hätte er sie schon hundertfach als Waffe geführt.

Bis hierher hat er sich selbst so viel verziehen, so viel Schwäche gegenüber Aysel, ihrer Familie, so viel Schwäche gegenüber allen, die ihn für schwächlich halten. Das alles wird jetzt enden, weil es enden muss. Ein letzter Blick richtet sich auf das schlafende Mädchen, ein letztes Seufzen tönt in die Nacht. Möge es beginnen.

Ilhan

Der Zettel, Yasin muss ihnen den Zettel gezeigt haben. Vorsichtig späht Ilhan um die Kurve und alle sind sie da. Da ist Anne, die betreten zu Boden schaut, da hantiert Yasin an einem Kanister herum und mit zornverzerrtem Gesicht schießt Baba auf den Eingang zu. Anfangs murmelt er nur etwas, doch immer lauter stößt er Flüche aus und man glaubt, er wird diese Tür jetzt einrennen, glaubt, sein Schnauben allein kann sie aus ihren Angeln pusten. Doch dann öffnet sie sich von selbst und heraus, mit nicht minder wütendem Blick, tritt Alex, direkt auf Baba zu. Die rechte Hand hat er im Schatten der geöffneten Tür verborgen.

»Keinen Schritt weiter«, schreit er fast und Baba bleibt tatsächlich stehen. Auf einmal wirkt er klein und alt.

»Bis hierher habt ihr eure falsche Welt getrieben, habt eure Tochter verhüllt, habt ihr und mir das Gefühl gegeben, es sei unschicklich, sie zu lieben, wenn man keiner von euch ist. Bis hierher habt ihr andere Menschen nach euren Werten beurteilt, habt sie erniedrigt und kontrolliert, wenn sie nicht eures

Glaubens sind. Genau bis hier habt ihr euch stolz über mich gefühlt, weil ich so tolerant war und mich nicht dagegen wehrte. Doch ich liebe Aysel, ich liebe eine Muslima und es ist mir scheißegal. Ben Ayselle evlenicem! Und das ist keine Frage, es ist eine Ankündigung! Ich werde deine Tochter heiraten, werde sie lieben und ehren, tausendfach mehr, als jeder von euch jemals imstande war.«

Und da ist es mit einem Mal unheimlich still auf der Lichtung vor dem Tor und still ist es in Ilhans Seele, weil alles überfordert ist und nichts mehr sich regt. Langsam tritt er um die Ecke, als würde er in ein regungsloses Standbild laufen, geht er zwischen ihnen hindurch, genau in der Mitte zwischen Baba und Alex bleibt er stehen.

Alexander

Da steht Ilhan genau vor ihm und ihre Augen funkeln sich an.

»Harte Worte«, setzt er an, »so hart und so gerecht mit der Welt, so furchtbar gerecht mit dir selbst. Bin ich der böse Türke, wie ihr überall immer böse Türken seht? Ist Aysel die verfolgte Muslima, wie in euren Augen überall arme Musliminnen leiden? Oder muss man das alles differenzieren, wie irgendein zugekiffter Relilehrer jetzt einwirft, um danach nichts mehr zu sagen, ab da nichts mehr zu verstehen. Hier steht eine zerstörte Familie, mein strahlender Held, und du allein hast sie an diesen Punkt gebracht. Du hast meine Schwester beschmutzt und wahrscheinlich raffst du das selbst jetzt nicht, wo wir hier verzweifelt umherirren.«

Was Aysel wohl macht? Hat sie die Stimmen gehört, lauscht sie irgendwo im Turm versteckt? Alle Worte, die hin und her gejagt werden, treffen auch sie. Alex denkt an den Schmerz, den sie bei ihr auslösen werden, und so greift er wieder an, die bösen Gedanken abzuwehren. Schauerlich lacht er auf, so laut und schrill, dass Ilhan verwundert schaut, seinen Redeschwall abbremst, und Alex spürt, dass die Aufmerksamkeit aller nun wieder ihm gehört.

»Ich? Ich hab euch in diese düstre Nacht getrieben, in der ihr noch immer von Ehre sprecht? Wer denn, Ilhan? Wer steht denn am Buffet zweier Welten, wer bedient sich vom Besten, egal, wie wenig es zusammenpasst, ganz egal, wie dreckig sich andere dabei fühlen, wie viel Herablassung, Zerstörung und Verlorenheit er bringt?« Das Gesicht seiner Cousine erscheint ihm, ihr Lächeln strahlt in seinen Sinn und er stellt sich vor, wie hoffnungsvoll sie es Ilhan schenkte.

»Was?«, brüllt er heraus. »Was sag ich denn Emilie, wie du dich hier aufspielst, mit der Ehre deiner Schwester? Was sag ich denn, ja sag, sag es mir, jetzt sag doch, wo du immer so furchtbar beleidigt bist und so viel über Verletzung erklären kannst.«

Ilhans Blick weicht ihm aus und Alex schaut auf den Rest der stumm stehenden Familie.

»Ja, erzählt doch mal was von eurer Ehre, von eurer Angst. Ich glaube, sie sind tief verwachsen, wenn sie nicht gar dasselbe sind. Was ist denn Ehre, außer, dass ihr euch immer besser fühlen müsst als andere? Was ist dieser Stachel, der euch so besonders wertvoll und zugleich abgrundtief zweifelnd macht, warum seid ihr so wütend, warum fürchtet, warum hasst ihr so sehr? Ihr verlorenes, trauriges Volk.«

In einem Schwung lässt Ilhan seinen Rucksack von den Schultern gleiten. Ihre Augen treffen sich erneut, halten sich fest und versuchen, jeden Gedanken des anderen mit Schrecken abzuwürgen. Es ist Ilhan, der sich zuerst befreit, aufgewühlt beginnt er zu sprechen.

»Habt ihr euch jemals gefragt, was wir denken, wie wir uns wirklich fühlen in eurem geordnet-verdorbenen Land? Wie, glaubt ihr, ist es, in einer Welt gestrenger Werte aufzuwachsen und doch im Universum der größten Versuchungen? Keine Regel weit und breit, irgendetwas einzuzäunen, was Kummer, was Verzweiflung zwischen Menschen treibt? Jeder kann jeden betrügen, jeder kann zutiefst verletzen und in den verzweifelten Wahnsinn treiben, ohne dass irgendwer nur aufschaut. Sag mal, Alex, macht das Sinn für dich? Wen sollen wir verraten? Unsere Kultur, die das verbietet? Habt ihr euch nicht schon tausendmal verraten? Hintergeht sich deine freie Liebe nicht millionenfach selbst und ihr taumelt stolz in Richtung Einsamkeit? Wer steht hier am Buffet, Alex? Wer sieht Beziehungen als was Spaßiges, wo man sich die feinsten Bissen rausgreift und verschwindet, sobald es unangenehm wird? Und doch sind wir es, die verloren sind, da hast du schon recht, in eurer ehrlosen Welt werden wir immer verloren sein.« Hinter sich glaubt Alex, ein Geräusch, vielleicht einen Schritt zu hören. Ist das Aysel, in seinem Schatten verborgen?

Das Reißverschlussgeräusch von Ilhans Rucksack klingt einsam in die Nacht. Alex greift fester nach der verborgenen Klinge in seiner Hand. Ruhig fährt Ilhans Arm in die offene Tasche, er blickt auf, doch was er sieht, lässt ihn stocken. Seine Augen schweifen fort, scheinen zu fliehen, hinüber in die Bäume, entlang des Turms, und schließlich sieht er auf zu den Sternen. Fast zärtlich spricht er weiter.

»Und Emilie? Was hab ich getan, was verboten, was schlecht wäre in eurer Welt? Hätte sie sonst nicht irgendeinen anderen Freund gehabt, hätte sie sich von diesem nicht ebenso irgendwann getrennt, im Irgendwie-mit-Irgendwem-Spaß eurer Welt? Man muss die Liebe ja genießen!« Er lacht kurz auf und es ist, als lache er über sich selbst.

»Oder darf es kein Muslim sein, der mit ihr schläft? Ist es das, Alex? Du warst doch der, der über freie Liebe sprach? Eine Liebe kommt, sie geht und lässt Verletztsein zurück, das meinst du doch mit frei?« Die Frage klingt fast hilflos. Ilhans Blick senkt sich von den Sternen, hält kurz in Alex' Augen, gleitet weiter und verliert sich im düstren Wald.

»Was zwischen Emilie und mir war, geht niemanden etwas an außer ihr und mir. Das ist die einzige Freiheit, die ich mir wünsche.«

Alex greift die Klinge nicht minder entschlossen, denn obwohl Ilhans Stimme so zart, so gebrochen klingt, ruht seine Hand noch in dem Rucksack.

Ilhan

Der Messergriff liegt noch fest in Ilhans Hand, doch er weiß nicht mehr, was er tut, was er sagt, versteht nicht seine eigenen Gedanken und am wenigsten begreiflich ist ihm, welche Gefühle ihn da in ein schwarzes Etwas ziehen. Ist das Hoffnung, die ihn durchsticht? Ist es Liebe, ist es Hass, die an ihm ziehen, oder ist es Wut, die laut in seinem Herzen schreit? Ja, dort im Dunkeln hinter Alex hat er Augen aufblitzen sehen und, ja, es waren die Augen von Aysel. Doch er sah nicht seine Schwester, sah nicht die verlorene Ehre, nicht sich selbst oder irgendetwas sonst, was er erwartet hätte. Er sah nur Verletzung, sah Angst und ein tiefes Verlorensein und auf einmal dachte er an Emilie. Wie aus einem endlos aufgewühlten Meer strömen die wirren Gefühle auf ihn ein. Er hält noch das Messer in der Hand, aber warum klingt seine Stimme so leis und so verloren?

»Es gibt keine Reinheit in eurer Welt, wie soll man sich nicht verraten, wie soll man rein bleiben?«

Yasin tritt hervor, als käme er, einen erschöpften Kämpfer abzulösen, und als sein Bruder zu sprechen beginnt, hört er es nur noch halb, so mächtig tönt der Strom der Gefühle in seinem Bewusstsein.

»Ich glaube an die Reinheit des Glaubens, sie kann überall, kann selbst in dieser Welt bestehen.« Und mit einem Mal stellt Ilhan sich vor, er hätte es getan, hätte sie wirklich verletzt und Aysel läge sterbend auf dem Boden in seinem Bewusstsein. Und zugleich läuft sie quicklebendig durch das Bild seiner Vorstellung, seiner Fantasie. Dort ist auf einmal eine Wiese, und dort ist auch Alex, da ist er selbst und lacht ganz natürlich mit ihnen. Könnte er Alex in die Augen blicken, nachdem er sie getötet hat? Könnte er Alex lachend auf dieser Sommerwiese in die Augen blicken? Sein unnütz wildes Blut schlägt ins Nichts in seinen viel zu weiten Adern.

Yasins Worte klingen immer beleidigter, immer belehrender über den Hof, doch in Ilhans Kopf erspinnt sich weiter die Wiese mit ihrem unfassbar satten Grün. Alles Wissen, alle Gefühle wirbeln durcheinander. Wie wäre es, wieder vor Said zu stehen, ihm zu dritt zu begegnen, nach einem Bier in der Unteren Straße? Wenn er und Tarek auf Alex schauen und in seinem unsauber rasierten Gesicht nichts als die gebündelte Schwäche dieses Landes sehen und seine Schwester, seine eigene Schwester gibt sich dieser Schwäche hin. So tief sticht der Gedanke in seinem Herzen, so reißend zieht ihn der Strom. Und wie wäre es, wenn sie dann zu Aysel schauen, unverhohlen ihren Körper mustern, wie den irgendeines blonden Dummchens hier, und dieser dumme Deutsche merkt nicht einmal, was gerade passiert. Nein, Alex wird nie sein Bruder sein. Yasins Stimme klingt weiter belehrend über den Hof. Aber genauso wenig will er Said nahe sein. Ist der nicht am Ende sogar schwächer als Alex? Wie stolz ist es, seinen Stolz aus dem Sex mit anderen Frauen zu ziehen, während man seine Schwester zwingt, zu Haus zu bleiben. Oder ist Ilhan selbst der Schwächste unter ihnen allen, weil er sich immer so furchtbar verloren fühlt? Ist er selbst sogar der Allerstärkste, weil er der Einzige ist, der sich in die Fluten zwischen die Welten traut?

Yasins Stimme ist jetzt so schrill und verletzt, zugleich so sicher anklagend, dass sie Ilhan selbst Angst macht. Doch Alex blickt sie beide ohne den winzigsten Funken an Respekt an.

»Geh beten, du einsamer Mensch! Was willst du uns erklären?« Ilhan muss lächeln und fühlt sich sogleich schlecht dafür. Er blickt auf. Ist da nicht wieder der Schatten in Alex' Rücken? Sieht er dort nicht wundervolle schwarze Locken und eine bleiche Hand, als flüstere ein Mädchen Alex etwas anderes ins Ohr? Doch der spricht unvermittelt weiter, als wäre dort nichts.

»Du und deine Reinheit des Glaubens, du und Reinheit überhaupt, mit deinem hasserfüllten Gesicht. Schaut ihr gläubigen Muslime nicht fast alle irgendwann so zornig? Wenn es etwas Reines gibt, ist es die Liebe. Ich glaube, dass Aysel und ich …«

In Ilhans Geist gibt es keine Wiese mehr, keinen Krieg und keinen Frieden. Was? Was, wenn er einfach …?

»Dass ich nichts mehr von Reinheit höre«, ganz nah steht Anne plötzlich zwischen Alex und Yasin. »Schaut uns doch an, nachts um fünf vor einem Turm. In tiefem Streit. Was haben wir nicht für sie getan, canim Ayselim, canim Ayselim«, ruft sie immer wehklagender heraus. Doch Ilhan hört gar nicht hin, ja, was wäre eigentlich, wenn er einfach diese Verbindung akzeptieren würde? Was wäre, wenn er Aysels Beziehung akzeptieren würde, auch wenn sie in seinen Augen haram ist? Ganz so, wie die Deutschen es mit ihren Frauen, mit ihren ganzen Familien tun? Alles in seinem Kopf zerfließt, sein Wissen beginnt zu wanken, Abgründe klaffen auf und neue Wahrheiten entstehen. Da ist er wieder auf der Unteren Straße und Said blickt ihn an und in dem Getümmel sind ihre Augen ganz allein. Said mustert Aysel, überlegt, was er anstellen muss, mit ihr zu schlafen, und ist sich im selben Moment sicher, eine solche Schlampe nie zu heiraten. Vielleicht hat er längst mit ihr geschlafen und nur sie beide wissen es? Und

Ilhan muss das akzeptieren. Muss das gigantische Vakuum jeder Moral dieser Deutschen akzeptieren, in dem Leute wie Said sich ständig aufplustern werden.

Auch Baba kommt immer näher, ruft etwas in Alexanders Richtung, doch der steht nur still und stumm, und auch Ilhan erreichen seine Worte nicht. Und wenn Said dann weitergezogen wäre, könnte er es Alex erklären? Würde irgendwer in dieser ach so verständnisvollen Welt einen Deut seiner Ängste, seiner Gefühle verstehen? Baba schreit noch immer, und plötzlich ist Ilhan wieder auf der Wiese, spricht langsam mit Alexander, erklärt ihm alles, fast entschuldigt er sich und Alex versteht.

Nie, nie wäre er hierhin gekommen, wäre Aysel nicht. Nie, nie, hätte er sich darauf eingelassen. Er hätte nach Emilie noch ein paar deutsche Freundinnen gehabt, vielleicht noch eine moderne Türkin, eine Alevitin, die gehen furchtbar ab, hat Said sich zu wissen gebrüstet. Er hätte einmal eine reine Frau geheiratet, doch durch Aysel, nur durch Aysel wurde er hinausgeworfen in dieses weite Meer, in dieses endlose Nichts zwischen den Welten, in dem nur er und immer wieder nur er zu sein scheint. Doch wenn Aysel tatsächlich dort drüben ist, wenn sie es wirklich geschafft hat, so würde er zumindest nicht aufgeben. Er würde weiterschwimmen und -rudern, bis irgendwann einmal etwas kommt. Es muss nicht ihre Welt sein, nicht die von Yasin oder Said, sondern eine neue, vielleicht viel bessere. Eine Welt, in der man die Reinheit seiner Schwester schätzt, sie aber noch liebt, wenn sie sie verloren hat. Auf keinen Fall eine Welt, in der man seine Schwester versteckt, sie jagt oder verflucht, auf keinen Fall eine Welt, in der man sich besser als andere fühlt, weil deren Schwestern nicht mehr rein sind. Er schließt die Augen und ein ruhiger Strom beginnt, ihn zu durchfließen. Warm und schwer wird seine Hand, die um das Messer liegt, warm und schwer wird sein gesamtes Wesen und er fragt sich, was er hier eigentlich noch soll.

Doch aus der tiefen Ruhe blitzen plötzlich wieder die Augen von Said mit ihrem tödlich abwertenden Blick und alles ist vergessen. Alexander, Emilie und das Glück seiner Schwester. Wie verlockend ist es, vor diesem schmerzlichen Blick geschützt zu sein. Dazu ein Eroberer zu sein, in einer dümmlich wehrlosen Welt, die wegschaut, die immer wieder wegschaut, wenn man sich in ihr bedient. Aber es ist so unfassbar schwer, seine Schwester zu verachten, wenn man sie wirklich liebt. Noch einmal umschlingt seine Hand den Messergriff.

Alexander

Sie kommen immer näher. Die Gesichter von Yasin und seinem Vater sind wutverzerrt, auch die Augen der Mutter weit aufgerissen und sie schreien sich mittlerweile mehr an als ihn. Alles geht durcheinander und jeder läuft und wirbelt hin und her. Nur Ilhan steht verloren zwischen ihnen und seine Augen blicken ins Leere, als wäre er nicht in dieser Welt. Aysel packt fest Alex' Arm mit der Klinge, lässt ihn sinken und zieht Alex langsam zurück. Das Fenster ist bereits geöffnet, Aysel greift ein schon fest zusammengeschnürtes Bündel und über eine junge Linde gelangen sie hinab in den Hof. So laufen sie los. Es ist schon weniger dunkel als zuvor, hell genug, dass man das Grün der Blätter erahnen kann und die Sterne am Himmel zu verblassen beginnen. Über den moosigen Feldweg, über Wurzeln und Steine rennen sie tiefer und tiefer in den verwunschenen Wald hinein und Alexander glaubt fast, er liefe in sich selbst. Als wäre dieses wild und frei rauschende Grün seine Seele und als käme er endlich nach Haus.

Ilhan

Ein lauter Schrei ertönt und Ilhan braucht einige Momente zu kapieren, dass er nicht aus dem Chaos in seinem Bewusstsein schallt. Noch Augenblicke länger braucht er, zu erkennen, dass es seine Mutter war, die da schrie. Ihr ausgestreckter Arm zeigt auf die leere Türe und plötzlich ist es wieder still auf der Lichtung.

Fast zugleich stürzt die gesamte Familie in den dunklen Turm, stolpert die hölzerne Treppe hinauf und dann in das große Zimmer. Und während Yasin fast über den Teppich am Boden fällt und Baba ungelenk gegen den kleinen Fernseher tritt, hebt Anne behutsam ein Bild vom Nachttisch auf. Es zeigt die ganze Familie, in deren Mitte Aysel unter ihrem Kopftuch strahlt, und es ist, als wäre nichts geschehen. Doch Ilhan blickt nur auf das Bett, auf die zerknüllten Laken und fragt sich, wie seine Schwester es darin getrieben hat. Hat sie dort unter den hölzernen Balken ihre Unschuld verloren? Da schiebt sich wieder die alte Couch in diesem dreckigen Jugendkeller in sein Bewusstsein und zum ersten Mal weiß er, dass es ein Fehler war, dort mit Emilie zu schlafen. Dass nun alles, was er jemals zu Liebe empfinden wird, mit dieser Couch verbunden ist. Mit ihrem modrigen Geruch und dem fahlen Geschmack, dass man Menschen erobern und fortwerfen kann. Erneut ist es Anne, die aufschreit, diesmal viel leiser, tränenerstickt. Wieder deutet ihr ausgestreckter Arm und da erst sehen sie das offene Fenster und wie von Sinnen stürzt Ilhan darauf zu.

Es tut so gut, endlich mal seine Sinne zu betäuben, im Rausch nach vorn zu stürmen und mit diesem Sturm das innere Toben zu überdecken. Er hievt sich durch den Rahmen, fällt kurz nach unten, bekommt aber sogleich die Zweige der Linde zu fassen, an der er sich herunterhangelt und im nassen Grass landet. Ohne die anderen zu beachten, läuft er los, was sie auch denken, was sie sagen oder tun, es spielt keine Rolle mehr. Er rennt und rennt durch den immer heller werdenden Wald, und während seine Beine über das Moos jagen, spürt er den mächtigen Kampf in sich selbst. Hinter sich irgendwo auf diesem verwunschenen, immer heller werdenden Pfad muss seine Familie laufen und dort vorn, viel weiter vorn, als er jemals sein wird, ist Aysel.

Alexander

Sie haben noch kein Wort zueinander gesagt und doch wissen beide, wohin sie laufen. Entlang des verborgenen Weges, vorbei an der alten Hütte, immer weiter unter einem dicken, moosbedeckten Zweig hindurch und schließlich durch den Zaun gelangen sie zum See.

Deutschland ist manchmal ein Märchen. Als sie auf der höchsten Klippe, über der stillen, steilen Schlucht stehen, bricht am Horizont über den Baumwipfeln der Wälder die Sonne hervor. Sie jagt ihre Strahlen in die Welt. Wieder nehmen sie sich bei den Händen. Sehen sich noch einmal in die Augen, dann in die Sonne und schon sind sie gesprungen. Erst kurz bevor sie auf das Blau treffen, löst sich ihr Griff. Alex geht in die Hocke, dem Wasser möglichst wenig Angriffsfläche zu lassen. Dann schlägt er auf und versinkt in die Tiefe. Jetzt müssen sie sehr schnell sein, damit es gelingen kann, aber sie sind nicht unvorbereitet. Mit voller Wucht beginnt er zu strampeln und zu rudern. Er denkt an Volkan, an Helena, denkt viel mehr noch an seine Eltern. Noch in diesen Morgenstunden wird er sich verabschieden. Da öffnet er die Augen, sieht die vielen Blasen und oben schon das Licht der Sonne. Immer fester schlagen seine Arme gegen das Wasser, immer energischer strampelt er sich hinauf, wo es hell und heller wird. Aysel scheint bereits aufgetaucht und gleich wird auch er da sein. Dort oben wartet nicht nur das Mädchen, das er liebt, es wartet ein neues, freies Leben.

Ilhan

Die Sonne an diesem Tag hielt nicht lange und bevor noch die Rettungsmannschaften in der kleinen Stadt angekommen waren, brach ein furchtbares Gewitter los, das jede Suchaktion unmöglich machte. Das Unwetter hielt, von kleinen Pausen abgesehen, bis in die Tiefe der Nacht hinein und erst am nächsten Morgen legte sich wieder Ruhe über das Land. Der Himmel war blau und klar und über dem See lag weißer, zarter Nebel. Nun suchten sie, mit Seilen und mit Booten, mit Kletterern und Tauchern bis in die erneute Dunkelheit der Nacht hinein. Doch sie fanden nichts.

Vielleicht waren ihre Körper ja wirklich in den Rhein gespült worden und trieben jetzt unentdeckt in einer Bucht. In so einem Sturm ist vieles möglich. Vielleicht lagen sie irgendwo im Dunkeln verborgen am Grunde des Sees oder waren beim Sprung schon in einen Felsspalt gerutscht, obwohl die Suchtrupps das ausschlossen. Auch Alexanders Wagen hatte man noch nicht gefunden. Vielleicht, weil er in der ländlichen Ödnis hier einfach komisch geparkt war, vielleicht aber auch, weil sie wirklich damit geflohen waren, geflohen aus diesem Land, aus unserer Welt. Doch wie kann ein Mensch verschwinden, wie können zwei Menschen einfach so verschwinden, von dieser Erde, in der man doch jeden sieht und alles weiß. Aber verschwinden nicht immer wieder Dinge, verschwinden nicht ganze Welten in der Tiefe des Nichts und leben doch in uns weiter? Treibt nicht unser wildes Blut alles zu immer Neuem, auf der Suche nach der kurzen Befriedigung, nach dem kurzen Glück, nach der festen, warmen Heimat?

Noch immer ist es Sommer. So warm und schön brennt die Sonne auf das ruhige Land, dass man nicht glauben mag, es wäre je ein Leid geschehen. Und wenn der Mond des Nachts bleich über der kleinen Stadt steht, versteht Ilhan all ihre Welten, versteht er Yasin, weil seine Sicht so klar und deutlich da liegt. Er versteht Said, weil das, was er tut, natürlich, weil es selbstverständlich ist, und ja, er versteht sogar Alexander und sei es nur, weil der jetzt bei Aysel ist, wo immer sie sich befinden. Oft fährt er noch zu jenem Turm, setzt sich in die Wiese, die nun viel höher steht, verharrt kurz vor dem Tor und geht langsam den gewundenen Pfad durch den verwunschenen Wald entlang, bis er irgendwann die steile Klippe erreicht. Und wenn er von dort oben in das tiefe Wasser blickt, kann er nur noch an Aysel denken, wie sie damals sprang, und immer wieder drängen sich die Wellen zwischen den Welten in seinen Sinn. Vielleicht war er dort nie allein, vielleicht war sie immer da, während Yasin, Alex und Said sicher an den Ufern standen. Vielleicht war seine geliebte, bekämpfte Zwillingsschwester jemals der einzige Weg, ein Ufer zu erreichen?

Seine Hände gleiten über das Gesicht und in Gedanken versucht er der Vergangenheit in die Zukunft zu entfliehen. Ja, sie wird kommen, eines Tages wird eine reine Frau kommen. Allem Unglück zum Trotz wird er eine Ehe führen, die alles Dunkle und Böse aus dem Tage verdrängt und Raum gibt für ein normales Leben. Doch in der Nacht wird es gespenstisch bleiben. Dort werden sie unweigerlich weiterleben, all die Märchen und Welten, die wir verdrängen. Dort wird es immer eine enttäuschte Emilie geben, ganz gleich, wie frei sich die Deutschen die Liebe reden, dort wird immer die flüchtende Aysel sein, ganz gleich, wie sehr die Familie sie verflucht. Ilhan schaut auf den See, verloren auf die Bäume an seinem Rand, die in vielen Grüntönen erstrahlen, und wenn sein Blick dann wieder in das gekräuselte Blau schweift, zieht es ihn in die Tiefe, in diese andere Welt, wo man nicht weiß, wie man atmen, wie man leben soll und die doch so verlockend zu ihm flüstert, endlich zu springen. Aber jedes Mal noch hat er widerstanden, sich einfach umgedreht und auf den einsamen Nachhauseweg gemacht.

Wolfgang Schnellbächer, geboren 1983, war schon immer ein begeisterter Leser und entwickelte früh eine Passion für Literatur. Bereits als Schüler veröffentlichte er einen ersten Text in der FAZ. 2011 erschien sein Debütroman »Abiball«. Wolfgang Schnellbächer hat an vielen Orten im In- und Ausland gelebt und wohnt nun in Stuttgart.

Nur Öneren, geboren 1988, lebt und arbeitet nach ihrem Studium der BWL in Stuttgart. Durch ihre Herkunft entwickelte sie ein großes Interesse an der kulturellen Vielfalt von Gesellschaften. Diese Neugier begleitet und bestärkt sie beim Schreiben. Neben der Literatur gilt ihr Interesse dem Fechten, dem Reisen und der Fotografie.

Christine Fehér

Anders frei als du

280 Seiten, ISBN 978-3-570-30900-1

Die 16-jährige Malina hat sich nie groß für Religion interessiert, als sie sich in den türkischen Jungen Deniz verliebt. Die Besuche bei seiner Familie offenbaren ihr eine völlig neue Welt der Rituale, Traditionen und des Zusammenhalts. Der Islam gibt ihrem Leben eine ungekannte Tiefe und bei Malina entsteht der Wunsch, Muslima zu werden – auch als die Beziehung zu Deniz zerbricht. Doch ihr Umfeld reagiert mit Unverständnis und Ablehnung ...